Sammlung Luchterhand 249

Christa Wolf
Unter den Linden

Luchterhand

Sonderausgabe der Sammlung Luchterhand, August 1977
6. Auflage Februar 1981

Lizenzausgabe mit Genehmigung des Aufbau Verlages, Berlin und Weimar

Gesamtherstellung bei der
Druck- und Verlags-Gesellschaft mbH, Darmstadt
ISBN 3-472-61249-5

Ich bin überzeugt, daß es mit zum Erdenleben gehört, daß jeder in dem gekränkt werde, was ihm das Empfindlichste, das Unleidlichste ist: Wie er da herauskommt, ist das Wesentliche.

Rahel Varnhagen

Unter den Linden bin ich immer gerne gegangen. Am liebsten, du weißt es, allein. Neulich, nachdem ich sie lange gemieden hatte, ist mir die Straße im Traum erschienen. Nun kann ich endlich davon berichten.

Unbeschreiblich liebe ich diese sicheren Anfänge, die nur denen gelingen, die glücklich sind. Immer wußte ich, auch mir würden sie einst wieder zur Verfügung stehen. Das sollte das Zeichen sein für Wiederaufnahme in den Bund, dessen Strenge nur noch von seiner Freizügigkeit übertroffen wird: den Bund der Glücklichen. Da ich neuerdings selbst ohne Zweifel bin, wird man mir wieder glauben. Nicht mehr bin ich an die Tatsachen gekettet. Ich kann frei die Wahrheit sagen.

Denn höher als alles schätzen wir die Lust, gekannt zu sein.

Daß die Straße berühmt ist, hat mich nie gestört, im Wachen nicht und erst recht nicht im Traum. Ich begreife, daß sie dieses Mißgeschick ihrer Lage verdankt: Ost-West-Achse. Sie und die Straße, die mir im Traum erscheint, haben nichts miteinander zu tun. Die eine wird in meiner Abwesenheit durch Zeitungsbilder und Touristenfotos mißbraucht, die andere hält sich auch über lange Zeiträume unbeschädigt für mich bereit. Ich gebe zu, oberflächlich gesehen kann man die beiden miteinander verwechseln. Ich selbst verfalle in diesen Fehler: Dann überquere ich

achtlos meine Straße und erkenne sie nicht. Jüngst erst mied ich sie viele Tage lang und suchte anderswo mein Glück, aber finden konnte ich es nicht.
Es wurde Sommer, da träumte ich, der Tag sei gekommen. Ich brach auf, denn nun war ich bestellt. Ich sagte es keinem und wollte es selbst kaum wahrhaben. Ich dachte (wie man im Wachen und Träumen listig etwas denken kann, um sich selbst zu täuschen), ich würde mir nun endlich die neuen Stadtviertel ansehen, von denen überall geredet und geschrieben wurde. Aber schon der Busschaffner war im Komplott – mit wem, bleibt dahingestellt. Aus nichtigem Anlaß kam er mir grob, und ich zahlte ihm bebend vor Zorn alle unbeglichenen Grobheiten meines Lebens heim, als müßte ich umkommen, wenn ich auch diese noch hinnahm. Der Mann schwieg sofort und musterte mich grinsend, und an mir war es nun, mich zu ärgern, daß ich es denen so leicht machte. Denn nun mußte ich gekränkt bei der nächsten Haltestelle aussteigen und fand mich, kaum noch überrascht, genau da, wo sie mich hinhaben wollten: vor der Staatsoper, Unter den Linden.
Also war es soweit. Du kennst das wohl: Man weiß nur, man ist bestellt und hat Folge zu leisten. Stunde, Ort und Zweck der Verabredung werden einem nicht mitgeteilt. Man ist

auf Vermutungen angewiesen, die sich aus Wünschen speisen und daher oft fehlgehen. Jedes Kind weiß aus dem Märchen, daß man unbekümmert loszulaufen hat und sich vorbehaltlos und freundlich allen Dingen zuwenden soll. Genauso ging ich, in der trockenen, angenehm scharfen Junihitze, in dem Geruch von Staub und Benzin, in dem Motorenlärm und dem weißen Licht, das von den Steinen zurückschlug. Auf Anhieb stellte sich die helle, heitere Aufmerksamkeit ein, die ich lange Zeit so bitter vermißt hatte. Der Tag war sehr schön.

Im Traum holt man nach, was man immer versäumt hat. So wollte ich endlich einmal ganz genau der Großen Wachablösung zusehen, die gerade an der Neuen Wache mit klingendem Spiel und zuckenden weißen Handschuhen aufzog. Wollte mir die Kommandos einprägen, mit denen sie, zack zack, die beiden Hauptakteure wie an straff gespannten Schnüren aus dem zurückbleibenden Peloton ziehen, wollte mir keinen der bewunderungswürdigen Paradeschritte entgehen lassen, die, haarscharf einer uns Uneingeweihten unsichtbaren Linie folgend, genau vor den Stiefelspitzen des Wachpostens zu enden haben – wenn dieser da steht, wo das Reglement ihn hingestellt hat. Was in der Regel der Fall ist, da kann man unbesorgt sein. Ausgerechnet an diesem Nachmittag aber war die

Regel verletzt worden, und einer der beiden ablösenden Offiziersaspiranten marschierte schnurstracks auf eine Katastrophe los: Der Fleck, auf dem sein Vorgänger ihn zu erwarten hatte (zwischen der zweiten und dritten Säule) war leer.

Vor fünf oder zehn Minuten erst hatte der Pflichtvergessene, geschädigt womöglich von der Hitze, auf ein nur ihm vernehmbares Kommando hin plötzlich eine exakte Linkswendung ausgeführt, war mit vorschriftsmäßig geschultertem Gewehr im Stechschritt bis zur Ecke des von ihm symbolisch bewachten Gebäudes marschiert und, nach erneutem Linksschwenk, endlich im dichten Schatten einer Kastanie stehengeblieben. Ruhigen Gewissens stand er in untadeliger Haltung am falschen Ort auf Posten, durfte auf Ablösung nicht hoffen, dieweil sein Ablöser ohne den erforderlichen Gegenspieler erbittert alle die komplizierten Manöver ausführte, die ihn endlich auf den zu lange schon verwaisten Platz des Kameraden brachten. Nicht, daß es mich etwas anging, aber das abrückende Wachpeloton schien wieder vollzählig zu sein.

Merkwürdige Gestalten sah ich in der Menge, die sich nach dem Ende des Schauspiels schnell verlief. Nicht alle waren sie mit Spreewasser getauft und unter Kiefern aufgewachsen. An einen Inder mit einem rubinroten Stein am

schneeweißen Turban erinnere ich mich, an schlanke, schwarze Leute, die sich immer wie im Tanz bewegten, und vor allem an ein putziges Pärchen, das sich aus dem quirligen Strom löste und eng umschlungen auf das Standbild Alexander von Humboldts zuging, an dem sie beide dann, das Mädchen und der Junge, stumm und aufmerksam hochblickten. Seltsame Vögel mit grellbuntem Gefieder: die gleichen Blue jeans, die gleichen hellblauen Pullover um die Taille geknotet, die gleichen großgeblümten Hemden – von hinten weder an ihren schmalen Hüften noch am gleich langen, zottligen Haar zu unterscheiden. Als sie sich umdrehten, sah ich, daß sie den steinernen Alexander gelten ließen, und von der gleich flachen Brust der beiden sprang mir als schwarze Schrift auf großen orangefarbenen Broschen entgegen: All I need is love. – Sie freuten sich über mein Lächeln, sagten etwas in ihrer weichen, singenden Sprache – ein Lob, glaube ich, das ebensogut mir wie dem Alexander Humboldt gelten konnte – und zogen auf biegsamen, flachen Sandalen ab. Großmütig stellte ich ihnen meine Straße zur Verfügung, da sie von weither gekommen waren, sie anzusehen. Mir gefiel, daß auch fremde, merkwürdige Vögel hier ihr Körnchen fanden.
Du siehst, ich war nicht weit davon, daß mir alles gefiel, was mir über den Weg lief.

Du weißt, daß man im Traum begreifen kann, man träumt. Das Mädchen trat in meinen Traum, und ich dachte: Jetzt träume ich schon von ihr. Ein dunkles Motiv, was hat das zu bedeuten? Und doch, das mußte ich zugeben, paßte niemand besser in meinen Traum als sie – aus Gründen, die mir vorerst verborgen waren. Sie verschwand in der Tür der Universität.

Habe ich dir jemals von dem Mädchen erzählt? Ich werde es wohl verheimlicht haben, aber die Geschichte geht mir nach. Man hat sie mir einmal vorgehalten, als ich sie ganz und gar nicht hören wollte.

Da sah ich meinen alten Freund Peter aus der Universität kommen, und die schöne blonde Frau, die mir längst aufgefallen war, erhob sich von ihrer Bank im Hof und ging ihm entgegen. Auf einmal fürchtete ich, schon hier, schon mit dieser zufälligen Begegnung könnte der Nachmittag enden. Aber es war keine Gefahr, daß mein Freund Peter mich bemerkte. Er hatte nur Augen für diese Frau, mit der er, wie ich wußte, erst seit Wochen verheiratet war. Sie gehört zu den Geschöpfen, die immer Mädchen bleiben, was auch mit ihnen geschehen mag, und die dadurch die Männer bis aufs Blut reizen. Den Stachel gönnte ich meinem Freund Peter. Sollte er büßen für seine Untreue. Sollte er die Tränen bezahlen, die Marianne um ihn vergos-

sen hatte. Aber im gleichen Atemzug gönnte ich ihm auch diese schöne blonde Frau, die mit ihren klappernden Absätzen neben ihm ging, sich in seinen Arm hängte und zu ihm aufsah.
Ach, ich verstand ihn ja. Immer noch konnte ich Pferde mit ihm stehlen, nur wußte ich nicht, ob ich es noch wollte. Auf zwei Schritt Entfernung ging er wie blind an mir vorbei, lachend zog er seine junge Frau im Laufschritt über die Straße zu seinem Auto, das er aufheulen ließ und in einer unverschämt scharfen Kurve in den Verkehr steuerte, die mich verstimmte.
Erinnerst du dich, was ich oft von ihm gesagt habe: Der schafft alles, was er sich vornimmt. Nur rechnete ich nicht damit, daß er sich vornehmen könnte, was mir durchaus zuwider war. Aber siehe da, er schaffte auch das. Schaffte es, seine neue Frau auf dieselbe Bank zu setzen, die ein für allemal uns dreien gehörte: ihm, Marianne und mir. Schaffte es ohne weiteres, sich nichts dabei zu denken. Hatte geschafft, was uns verwehrt war: die unausgesprochenen Schwüre zu vergessen, die im ganzen Ernst jener Jahre das ernsteste waren und auf die sich unsere Jugend nun zusammenzog. Ernst wie die Strafen, die uns treffen sollten, würde es uns einfallen, eidbrüchig zu werden. Nun sah ich es mit eigenen Augen: Strafe für Treubruch trifft nur

den, der an Treue glaubt. Doch das tat mein Freund Peter nicht.
Das Mädchen – ja! Sie hatte gelogen und betrogen, aber auf sie baute ich, nie war mir das so klar geworden wie jetzt im Traum. Kurze Zeit lang hatte ich sogar den Verdacht, ich sei ihretwegen hierhergekommen; ich hätte von Anfang an die Absicht verfolgt, gewisse Örtlichkeiten zu besichtigen, die in ihrem Drama als Kulissen mitspielten: Was man bei Gericht Lokaltermin nennt.
Ein Schwarm Mädchen trieb mir entgegen. Studentinnen, untergehakt in kurzen Reihen. Früher hätte ich versucht, in einer von ihnen das Mädchen zu erkennen, nach dessen Aussehen, Haarfarbe und Gestalt zu fragen ich mich immer gehütet habe. Es war nicht wahrscheinlich, aber doch auch nicht ausgeschlossen, ihr hier zu begegnen, vor der Universität, an der sie noch voriges Jahr studiert hat. Daß sie exmatrikuliert war, mochte sie nicht hindern, hier herumzustreichen. Es konnte für sie keine unlösbare Aufgabe sein herauszuspionieren, wie der Betreffende seine Tage verbrachte; wann er, zum Beispiel, nach seinen Vorlesungen die Universität verließ; leicht konnte sie – falls ihr noch daran lag, ihn zu sehen – sich zur erkundeten Stunde hinter dem Sockel des steinernen Wilhelm von Humboldt verbergen. Bis er erschien, lachend und guten Gewissens, wie mein Freund

Peter eben erschienen war.
Immer lachen sie gerade, wenn man sie sieht.
Jener Mann, an dem das Mädchen vielleicht noch immer hing, war auch Dozent. Namen spielen keine Rolle, hieß es, du kennst ihn doch nicht, und wenn – um so schlimmer. Also konnte er ebensogut auch Historiker sein, wie mein Freund Peter. Historiker gibt es wie Sand am Meer.
Ich kann dir nicht erklären, warum es mir auf einmal so wichtig war, Verständnis aufzubringen für Peter, meinen alten Freund. Da fiel mir dieses und jenes ein, Mißhelligkeiten in seinem Berufsgang, gewöhnliche Kränkungen, die ihm widerfuhren und die ihn nachhaltiger zu treffen schienen als andere, weil er ausersehen und von klein auf daran gewöhnt war, ein Glückspilz zu sein. An den alltäglichsten Zurücksetzungen litt er, wie nur ein Mensch leiden kann, den man hindert, einer großen Bestimmung zu folgen. Wir – ich, seine Frau Marianne – hielten seine Mißgeschicke für banal, während er wirkliches, unzumutbares Unglück in ihnen sah. Mir war noch nicht aufgegangen, daß die Markierungen für Glück und Unglück auf jeder Lebensskala in anderer Höhe angebracht sind. Was passierte ihm denn schon. Eine Assistentenstelle, die ihm ein anderer vor der Nase wegschnappt. Eine Reise zu einem Auslandskongreß, bei der man ihn übergeht. Eine Vorlesung, mit der er zu

Recht zu glänzen hoffte, die aber durch eine Studienplanreform unter den Tisch fällt. Kleinigkeiten.

Ich weiß, sagte er selbst. Aber es paßt mir nicht, versteht ihr?

Dich wird es nicht wunder nehmen, daß die junge Lehrerin vom Lande, die ihre Zehnjährigen über die Straße getrieben hatte wie eine Herde junger Lämmer, gerade mich nach der Uhrzeit fragte. Alle Leute, die keine Uhr haben, fragen mich nach der Zeit. Sie besitze allerdings eine Uhr, sagte die Lehrerin, eine alte, schöne, von ihrem verstorbenen Lieblingsonkel, nur sei sie sehr empfindlich und liege dauernd beim Uhrmacher in Königs Wusterhausen zur Reparatur. Sie werden es mir nicht glauben: Seit drei Wochen finde ich keine Zeit, sie abzuholen.

Ich war ihr in dem Augenblick begegnet, da sie jedermann alles erzählt hätte: von den schlechten Busverbindungen in ihr Dorf, von der Schwierigkeit, ein größeres und vor allem helles Zimmer zu finden, und von ihrem Heimweh an den Sonntagen, wenn das flache Land ihr wirklich auf die Nerven ging, weil sie ja aus Thüringen war. Sie sah mich mit ihren kullerigen braunen Augen erwartungsvoll an, ob ich die Mitteilung, daß sie aus Thüringen sei, gebührend zu würdigen wisse. Derweil mühte ich mich unauffällig ab, von meiner kleinen runden Moskauer Armbanduhr mit dem schmalen

schwarzen Dederonband die Zeit abzulesen, auf die meine Lehrerin doch schließlich zurückkommen würde. Merkwürdigerweise wollte es mir nicht gelingen. Zwar bin ich kurzsichtig, aber doch nicht auf die Entfernung zwischen Auge und Handgelenk, auch trug ich meine Sonnenbrille mit den Zeißgläsern und sah auf meinem Arm jedes einzelne Härchen. Nur das Zifferblatt der Uhr verschwamm immer mehr, je näher ich es meinem Gesicht brachte.
Ich muß dich bitten, nicht ungeduldig zu werden. Ich kann ja nur sagen, wie es in meinem Traum wirklich zuging, und werde dich nicht mit Erklärungsversuchen behelligen.
Aus Thüringen? Aber von daher kam doch jenes Mädchen auch, von dem man mir allerlei Bemerkenswertes erzählt hat! Das mag schon sein, gab die kleine Lehrerin bereitwillig zu, es kommen jetzt viele daher. Ihr Ausspruch kam mir rätselhaft vor, ich wollte später noch über seinen Sinn nachdenken, wenn ich ihr nur erst über die Zeit Bescheid gegeben hätte. Inzwischen verwies die Lehrerin ihren Jungen die Springübungen an der dicken Steinquadermauer jenes Gebäudes, in dem, soviel ich weiß, eine Abteilung der Akademie der Wissenschaften untergebracht ist. In Berlin haben Sie also nicht studiert? fragte ich sie noch, um sicher zu gehen. Aber nein! sagte sie fast entrüstet. Immerhin sei es ganz eindrucksvoll, dies alles einmal in Natur zu sehen, den

neuen Fernsehturm und den Marx-Engels-Platz und das Brandenburger Tor. Die Wirkung sei doch noch ganz anders als auf dem Bildschirm. Ihre Mädchen hatten angefangen, auf den Steinplatten des Bürgersteigs Hopse zu spielen, Himmel und Hölle. Da sehen Sie es, sagte die Lehrerin, als sei dies unangebrachte Spiel der Kinder ein überzeugender Beweis für ihre vielfältigen Kümmernisse. Aber ich habe sie ja auch erst ein Jahr.

Diese Feststellung schien sie zu trösten, und sie zog vergnügt mit ihnen ab. Auf einer Auskunft über die genaue Zeit hatte sie nicht bestanden, nun bestand auch ich nicht darauf. Warum sollte ich kleinlicher sein als ein junges Ding aus der Provinz?

Mir war nicht ganz geheuer, als ich meinen Weg wieder aufnahm. Immer hatte ich geahnt, daß diese Straße in die Tiefe führt. Ich brauchte nur rechterhand durch das schmiedeeiserne Tor in den Innenhof der Staatsbibliothek einzutreten, den ich übrigens nicht erkannte. Aber es verlangte auch niemand von mir, daß ich mich erinnerte. Ich hatte nur weiterzugehen, auf den grünblau gekachelten Brunnen zu, hatte seinen Rand zu übersteigen und unterzutauchen. Man macht sich übertriebene Vorstellungen davon: Es ist einfach, man muß es sich nur oft genug und dringlich gewünscht haben. Auf dem Grund des Beckens blieb ich liegen, wie ich es mir oft ausgemalt habe: Liegen vor Richtertischen, sich niederlegen auf die nackten Dielen vor den Untersuchungskommissionen, auf die Steinböden vor die Prüfungsausschüsse, ruhig liegen und die Aussage endlich verweigern (was du, Mädchen, nicht mehr nötig hattest, als es so weit war). Jetzt verstand ich, daß es mir bisher an Schwere gefehlt hatte, an spezifischem Gewicht. Wer zu leicht ist, sinkt einfach nicht, das leuchtet ein, es ist ein physikalisches Gesetz, das man in der Schule lernt. Es befriedigte mich, endlich auf den Grund gekommen zu sein.

Die Gesichter, die über dem Rand des Beckens erschienen, um mich zu betrachten, gingen mich nichts an. Die Wasserlinie trennte uns. Neugier und Argwohn und Schadenfreude konnten mir nichts anhaben, auch der Schmerz ging vorbei. Allerdings wußte ich noch, wie er aussah, er hatte ein Gesicht, das sich zu den anderen über den Beckenrand hängte und mir stumm befahl, mich zu erheben, freiwillig mein Element zu verlassen, um ihm zu folgen, alle alten Erfahrungen in den Wind zu schlagen, wieder unter die Leute zu gehen und die Tabus zu verletzen.

Ach Lieber, du willst immer die Wahrheit wissen. Aber die Wahrheit ist keine Geschichte und überhaupt nichts Glaubwürdiges. Die Wahrheit ist, daß ich freiwillig aus dem Brunnen kam, sofort wie unter einer starken Strahlung trocken und nüchtern war und auf die schwere, geschnitzte Tür der Staatsbibliothek zuging, die ich, wohl wissend, was ich tat, leicht und ohne zu zögern aufstieß.

Hier solle ich nicht mehr eintreten, hatte bis zu diesem Tag unsichtbar über der Tür gestanden. Ich solle mich nicht aussetzen. Ein stärkerer Zauber hatte das Verbot aufgehoben. Ausgesetzt war ich wie jeder, was denn sonst?

Für dich, damit du mir glauben kannst, gehe ich nun daran, die Übergänge zwischen dem Glaublichen und dem Unglaublichen zu verwischen. Gleich bei meinem Eintritt enthüllten sich mir die Regeln dieses Ortes. Sie schienen mir übrigens leicht zu befolgen, viel wurde nicht verlangt: Dreh dich nicht um, sagte zu mir die bleiche, aufgeschwemmte Pförtnerin, die jeder beachten muß und die selbst keinen zu kennen braucht. Eilfertig nickte ich, während ich meine Lesekarte hochhielt, die ich stets bei mir trage und gegen die sie wie immer nichts einzuwenden hatte. Als ich das hölzerne Drehkreuz passierte, kamen mir Zweifel: Sollte das alles sein? Das konnte ich doch nicht glauben, zu tief steckte mir die Scheu vor diesem Ort in den Knochen. Ich mußte mich vergewissern, mußte zurückgehen und sie fragen. Da hinderte mich eine Steife in Rücken und Genick, mich umzudrehen. Das wäre mir ja das neueste, dachte ich aufgebracht, begann aber gehorsam, die Steinstufen hochzusteigen. Für diesmal wollte ich es hinnehmen.

Manchmal wechseln die Gesetze über Nacht, nach denen man sich an bestimmten Orten zu verhalten hat, und es hat nichts weiter zu bedeuten. Ein bißchen zitterten mir die Knie. Was einem nicht alles passieren kann.
Ich bin sicher, in jenen Bezirken scheinen die Prüfungen leicht, aber die Strafen für geringes Versagen sind schwer. Alles oder nichts! lautet die Devise, und es wird einem verheimlicht, wie man sie zu befolgen hat. Manche aber wissen Bescheid. Das Mädchen zum Beispiel. Sagte ich schon, daß es sich treulich an meiner Seite hielt? Es ersparte mir das Umdrehen.
Mir ist von Ihnen berichtet worden, wollte ich sagen, zurückhaltend, wie es am Platze war, denn ich mußte den Anfang machen, wußte aber nicht, wie. Hier, wollte ich sagen, an dieser Stelle des Geländers lag meine Hand, als man mir zu meiner Belehrung mitteilte, was Ihnen widerfahren ist. Dies jedoch ging sie nichts an, so wenig wie die Tatsache, daß ich seit jenem lange vergangenen Dezembermorgen keinen Fuß mehr in dieses Haus, geschweige auf diese Treppe setzen durfte – genau die Zeit, in der meine Bekanntschaft mit ihr inniger geworden war. Mir undurchschaubare Kräfte schienen daran interessiert, im Nehmen und Geben eine Art von Gleichgewicht herzustellen.
Vor einer halben Stunde hatte ich dieses Mädchen, von dem ich außer dem Wesentlichen

nichts wußte, zur Geschichtsstudentin ernannt. So war es nur logisch, ohne weiteres mit ihr in den Lesesaal für Gesellschaftswissenschaften zu gehen. Ich ließ sie fühlen, daß ich im Bilde war: Hierher, nicht wahr, ging man einst, um sich auf einen ganz bestimmten Platz zu setzen, von dem aus man einen ganz bestimmten Rücken im Auge behalten konnte. Und um dann sofort, wenn der Betreffende gegangen war, an das Regal zu treten und den schweren Folianten, den er soeben aus der Hand gelegt hatte, an den eigenen Platz zu schleppen.

Woher ich das weiß? Lassen wir das besser beiseite. Liebe? Ach du meine Güte – so sind Sie auch nichts weiter als ein junges dummes wundergläubiges Ding? Das sich gerade auf ihn versteifen muß, der nun mal ihr Dozent ist, der nun mal verheiratet ist (mit einer Frau, die womöglich Marianne hieß, ein flüchtiger Gedanke). Sollten Sie sich wirklich eingeredet haben, man könne beliebig viele törichte Handlungen aneinanderreihen, ohne daß die dann schließlich doch auf etwas hinauslaufen, das nicht töricht wäre? Mein liebes Kind. Das mag Ihnen glauben wer will. Ich nicht. (Du siehst, ich setzte mich aufs hohe Roß, und fast sah es aus, ich hatte sie zitiert, um auf sie herabblicken zu können.)

Warum nicht Sie? (Das war ihre Frage.)

Weil mir nun einmal – lassen wir wiederum beiseite, woher – vollkommen klar ist, daß man alle diese absurden Dinge nicht tut ohne geheimes Wissen um ihren Zweck. Ohne ein geheimes Einverständnis mit dem Resultat. Womit ja nicht gesagt ist, daß einem immer klar sein muß, was man sucht.

Gehen wir. Hier im Foyer übrigens, wo heute die Kinderbücher und die übergroßen Autorenfotos ausgestellt sind, gab es einmal Laienmalerei von Medizinern zu besichtigen: Mit Skalpell und Pinsel, oder so ähnlich. Jeder konnte hingehen, nicht nur Ärzte, natürlich. Auch ich konnte hingehen, auch mein alter Bekannter Max, der aber nicht allein kam. Nein, Mädchen, ich muß Sie bitten, nicht die Augenbrauen hochzuziehen, sondern den echten Zufall zu respektieren. Er kam zufällig nicht allein, ich traf ihn und den Mann, mit dem er zusammen war, rein zufällig, dies war der letzte Zufall, der im Zusammenhang mit Maxens Begleiter passierte, und daher hat er es verdient, festgehalten zu werden.

Ihr wolltet euch doch schon lange kennenlernen.

Dies war nun typisch Max, Elefant im Porzellanladen, immer auf dem Sprung, Leute zusammenzubringen, man braucht jemanden nur mal irgendwo flüchtig gesehen zu haben – zum Beispiel bei einem von diesen zahlreichen populärwissenschaftlichen Vorträgen –, man braucht nur mal beiläufig einen Namen genannt zu haben, schon kennt er ihn und fühlt sich ver-

pflichtet, ihn bei nächster Gelegenheit heranzuschleppen.
Wollten? So? Lange schon? Wie kommst du darauf?
Sei nicht so unhöflich. Dies also ist Herr...
Keine Angst. Sehe ich so aus, als würde ich Namen nennen? Den Ihren kenne ich nicht, und jener andere ist überflüssig. Ich bin auch dabei, ihn zu vergessen.
Selbviert die Treppe hinunter: Max, der Namenlose, Sie, ich. Sie weigern sich? Wollen nicht dabeigewesen sein? Hatten diese Stadt noch gar nicht betreten? Zogen sich gerade in ihrer Kleinstadtmädchenkammer das Kleid für das Abiturfest an? Dachten an nichts Böses? O, Sie Kindskopf! Wie Sie sich irren können! Schritt für Schritt sind Sie neben uns hergegangen, keine Stufe ist Ihnen erspart geblieben, und Wort für Wort, Note für Note muß das kleine Lied Ihnen bekannt gewesen sein, das mir schon die ganze Zeit durch den Kopf geht und das Sie nun zum ersten Mal von mir hören werden:

> Ich suchte an dem Fenster dich
> Die Gärten duften ohne Sinn
> Wo magst du sein wo magst du sein
> Was nutzt es denn im Mai zu leben
> Was weißt du von dem Leid zu lieben

Fragen dieser Art scheinen entzaubernd zu wirken. Jedenfalls kontrollierte die Pförtnerin meine Lesekarte, als habe sie mir nie eine geheime Losung zugeflüstert, der Springbrunnen im Innenhof war nicht in Betrieb, leer und flach lag das grünblaue Becken. Ich trat auf die Straße, setzte meine Sonnenbrille wieder auf und stellte mit einem Blick auf meine zuverlässige Moskauer Uhr fest, daß es gleich drei war. Vor einer halben Stunde erst hatte ich meinen Freund Peter getroffen und ihn lachen hören, wie jahrelang nicht mehr. Alles, was uns früher an ihm gefiel, hatte er wiedergefunden: Lachen, Glanz und Sicherheit. Hatte es im gleichen Augenblick zurückbekommen, als es ihm gelungen war, uns abzuschütteln – uns Verfolger, uns Gerichtsvollzieher. Die pfänden wollten, was er nicht besaß.

Du hast mir die Schwäche für ihn manchmal vorgeworfen. So habe ich dir damals, als ich ihn eines Abends Unter den Linden traf, nichts weiter davon erzählt als die Tatsache: Ich traf ihn. Ecke Charlottenstraße, wo damals noch das alte Lindencafé war, in das wir später hineingingen. Wir kamen beide von verschiedenen Sitzungen und waren müde. Niemand konnte mir erwünschter kommen als er. Mensch, Peter, wie sich das trifft, mal wieder ein bißchen klönen wie in alten Zeiten. Die Linde, an deren Stamm ich mich lehnte, war dünner und mindestens zwei Spannen kürzer als heute, mein Freund Peter hielt auf der leeren Straße dem leicht eingebeulten Mond eine Rede, wie er es als Student getan hätte. Er wollte mich zum Lachen bringen, und er brachte mich zum Lachen. Wirklich, zu all seinen glänzenden Eigenschaften fehlte ihm nur die eine, die sie alle zusammenhalten könnte: ein bißchen Festigkeit. Darauf muß ich zu sprechen gekommen sein, weil er von seinem neuen Dissertationsthema anfing. Unwillkürlich schlug ich denselben Ton an wie er. Den Ton, der von jetzt an zwischen uns am Platze war. Ich sagte obenhin: Haben sie dir den Schneid abgekauft.

Hör bloß auf, hat er erwidert. Da sah ich, daß er nicht feige, sondern gelassen war, und merkte, wieviel schwerer mit einem Gleichgültigen zu reden ist als mit einem Schuldbewußten. Man kommt sich lächerlich vor, wenn man einem wie Peter alle die guten Gründe vorhält, die er selbst noch vor einer Woche für sein altes, aktuelles, ein bißchen heikles Thema angeführt hat: Er kennt sie ja und denkt nicht daran, sie zurückzuziehen. (Ging es nicht um eine strittige Etappe der jüngsten Geschichte? Um ein inzwischen von anderen beackertes Feld?) Wir saßen vor unserem Bier, und Peter führte mir mit verteilten Rollen die Sitzung vor, die man extra einberufen hatte, um seine Eigenliebe zu streicheln. Um den Überzeugten zu überzeugen. Das neue Thema, das der Lehrkörper seines Instituts ihm vorschlug, verhielt sich zu seinem alten wie der Schoßhund zum Igel, das wußte jeder, und keiner durfte zeigen, daß er es wußte. Peter machte mir vor, wie jeder seiner Kollegen – einige von ihnen kannte ich ja – immer neue, bessere Beweise für die Dringlichkeit dieser Arbeit erbrachte, die jedenfalls niemandem schaden konnte. Mein Freund Peter hatte vorher gewußt, daß sie – übrigens ohne Absprache untereinander – entschlossen waren, Demokratie zu spielen, und welche Rolle jedem einzelnen in diesem Stück zufiel. Er selbst hatte natürlich enttäuscht zu sein, bekümmert, dann halb und halb entwaffnet, er hatte gut dosierten Widerstand zu leisten und ihn genau im richtigen Moment zögernd, aber den besseren Argumenten weichend, aufzugeben. Den warmen Händedruck, den der erleichterte Institutsleiter ihm hatte zuteil werden lassen, gab er an mich weiter. Er sah mir mit der gleichen Sympathie in die Augen, die gerade der Professor, der sein neues Thema betreuen würde, in seinen Blick gelegt hatte.

Da schlug ich, verwirrt von den sich überlagernden Sympathien, die Augen nieder und habe sie seitdem nie wieder so freimütig wie einst zu meinem Freund Peter aufgehoben. Vorwürfe machte ich ihm nicht. Wer bin ich, um jemandem Vorwürfe zu machen? Trotzdem rief er aus: Warum denn gerade ich?

Die Frage ist mir nachgegangen, bis hierher, bis heute. Ich habe sie nicht für mich behalten können, habe sie weitergegeben, im unpassenden Moment, an den unpassenden Mann. Das war hier in der Nähe, drüben im Lindencorso, im neuen Espresso, als es noch wirklich neu war. Es muß Herbst gewesen sein, ich trug meinen Wildledermantel und ging wie blind an dem Fenstertisch vorbei, damit der Mann, der Ungenannte, der wie jeden Donnerstag um diese Zeit hier sitzen mußte, mich als erster bemerken, damit er aufstehen, mir nachkommen, mich begrüßen und an seinen Tisch holen mußte. Natürlich ist die Risikorate bei solchen Unternehmungen groß, aber diesmal glückte es. Auch die Überraschung glückte mir. Du wirst es ja nicht glauben, aber ich mußte sie nicht heucheln. Ich war überrascht. Ach – Sie hier? Tatsächlich jeden Donnerstag? Zwischen Ihren beiden Hauptvorlesungen?

Lob des Zufalls.

Zum ersten und fast zum einzigen Mal an einem Tisch, wie andere Leute, die mittags schnell ungarische Salami und Brot miteinander essen und eine Cola dazu trinken oder, wie er es vorzog, ein Kännchen Mocca. Nur daß andere Leute sich einfach verabreden oder zufällig hierhergeraten, während mich der Zufall nach jener schönen Anfangsleistung im Stich gelassen hatte. Berechnung war mir aufgezwungen, Schläue, nervenaufreibende Erkundigungen, entwürdigende Telefonate, die mich zu einer bestimmten Stunde an einen bestimmten Ort führten: diesen hier.

Die Kunst der Unbefangenheit. Platz nehmen,

jede Spur von Berechnung und Schläue in sich getilgt haben, ehe die Blicke sich begegnen. Sogar die Erinnerung an Scham vergessen haben, wenn man, zögernd, auf die Uhr blickt: Zeit? Nun, wenn es sein muß – ein Weilchen. (Und dann dreißig Minuten nichts zu wissen von der Zeit danach, die so endlos und schwarz sein mag, wie sie es für richtig hält.) Die Kunst, ein Gespräch da anzufangen, wo man es vor langer Zeit abgebrochen zu haben glaubt, und nicht verlegen zu werden, wenn herauskommt: Dieses Gespräch hat es nie gegeben. In Gedanken bestenfalls. Die Kunst, eine Anrede zu vermeiden, den anderen mit seinem Du – das natürlich Max eingeführt hat – in Sicherheit zu wiegen, und dann, harmlos in einem harmlosen Satz, wie einen Pfeil das perfide Sie abzuschießen: Sie waren im Urlaub wieder am Schwarzen Meer? Und Ihre Frau verträgt diese Hitze im August?
Die Kunst, nicht zur Kenntnis zu nehmen, keine Wirkung zu zeigen, in den einmal bezogenen Stellungen zu verharren: Darf ich dich zu einem Kaffee einladen? – Wenn es Ihnen Spaß macht ... – Rauchst du? – Wenn Sie mich dazu verleiten...
Die Hohe Schule, deren Lektionen man beherrscht, ohne sie je gelernt zu haben. Und mitten darin, in dem verräterisch leichten Ton, auf den man sich geeinigt hat, meine Frage: Warum denn ich?

Der Anschlag mißlang. Zu überrumpeln war er nicht, ich hätte es wissen müssen. Impulsive Äußerungen sind ihm nicht zu entlocken, seine Antwort ist klug und beherrscht, ein Urteil, das ich hinzunehmen habe: Auch dir wird nur abverlangt, was du leisten kannst.

Wie recht Sie immer haben. Lassen wir das.

Mein Freund Peter, an jenem Abend, an dem ich ihm zum letztenmal in die Augen sah, wußte natürlich genau, was auf dem Spiel stand – wie ich. Seine Frage war ein letzter Appell an meine Fairneß, und ich habe versäumt, ihm klarzumachen, daß nicht alles im Leben auf die Regeln des sportlichen Wettkampfes hinausläuft. Ich betrachtete ihn mit Trauer und Sympathie. Gezähmter Riese. – Nie kamen wir später auf jenen Herbstabend zurück, jeder aus einem anderen Grund. Er, weil er entschlossen war, nicht zurückzublicken. Ich, weil ich mir vorwarf, den unaufhaltsamen Verlust eines Freundes nicht aufgehalten zu haben. Eine Weile spielten wir noch mit, alle drei, auch Marianne, die in jenen Monaten abmagerte. Doch ein Ende machte nicht sie, sondern er, mein gewesener Freund Peter. Eines Tages war er mit jener blonden braunhäutigen Frau auf und davon.

Gerade als er mich zu langweilen begann, mein Freund Peter, schwamm, ungerufen wie immer, der Goldene Fisch vorbei – derselbe, von dem Peter in seinen besten Tagen so unvergleichlich zu erzählen wußte. Guten Tag, Fisch. Er erkannte mich zum Glück wieder. Hast dir aber ganz schön Zeit gelassen. Gehen wir. Für unseren ehemaligen Freund Peter können wir beide nichts mehr tun. Er und wir – einmal könnten wir uns als Nicht-Freunde gegenüberstehen. Sollte es da nicht geboten sein, daß ich ihn morgen noch einmal anrufe und ihm mit unverstellter Stimme zum Doktortitel gratuliere? Wer bin ich denn, ihm die paar Floskeln zu verweigern, die ihm vielleicht gerade noch fehlen zu seiner vollständigen Zufriedenheit... Und fehlen sie ihm nicht – um so besser. Er wird den Takt besitzen, mich nicht zu seiner neuen schönen Frau einzuladen, ich das Zartgefühl, jene Ausdrücke zu meiden, die ein Verhalten wie das seine kennzeichnen. So können wir nebeneinander leben durch das, was wir nicht tun. (Nach den Regeln des Straßenverkehrs: „Vorsicht und gegenseitige Rücksichtnahme...")

Du bist unzufrieden, Fisch. Kunststück. Ein Goldener Fisch kann streng sein. Ich, Fisch, muß warten. Unter den Hantierungen, die einstweilen meine Tage füllen, wächst freilich die Sehnsucht nach Aufrichtigkeit, bis zu dem schönen Augenblick, da ich den Telefonhörer hinwerfen und die Floskel verweigern werde. Du zweifelst, Fisch? Aber der Tag muß kommen. Erst dann werde ich erfahren, welches der Lebensgüter, die man hier, auf dieser Straße, verteilt, für mich bestimmt ist und ob ich bereit sein werde, es zu empfangen. Denn dies ist die Straße – wußtest du es wirklich nicht, Fisch! – auf welcher unaufhörlich der große, gerechte Austausch stattfindet, bis jeder bekommen hat, was ihm zuträglich ist: Die Kleine aus Thüringen einstweilen ihr gottverlassenes Dorf, ihre ungezügelte Klasse und das Heimweh am Sonntag; das Mädchen (du kennst es doch, Fisch?) die langen Tage im Glühlampenwerk und die langen einsamen Abende; Peter im Glück seine schöne Frau und lange, lange noch nicht den schweren kalten Stein, mit dem er einst gewiß abziehen muß; und ich – ach, mancherlei, das die Geringschätzung nicht verdient, die du aus meinem Ton heraushörst.

Komm, mein Wunderfisch. Gehen wir zu den neuen blanken Schaufenstern, vor denen die Leute stehen und in Gedanken ihr Geld zählen. Dein Anblick scheucht sie auf, Fisch, empört und beleidigt laufen sie weg, sich beschweren, sie haben dich nicht in Betracht gezogen. Laß sie, ich zeig dir alles.

Er kommt getreulich, stumm wie er ist. Ich zeige ihm die bulgarische Volkskunst; die Teppiche gefallen ihm, besonders die weißen schafwollenen. Er schüttelt bedauernd den Kopf, daß sie so teuer sind. Dann stehen wir vor dem Lederladen, in dem es so gut riecht, aber wir begreifen, daß man uns zusammen nicht einlassen wird. Ich zeige im Fenster das Portemonnaie, das ich mir wünsche, goldene Ornamente auf rotem Saffianleder, ja, auch er findet es schön. Ich weise ihm mein altes vor, damit er mir recht gibt: Eine Schande, wie abgeledert es ist. Befriedigt stecke ich es wieder ein. Für Schmuck interessierst du dich doch nicht? frage ich streng. Er interessiert sich nicht. Also können wir über die Straße zu den Büchern gehen.

Die Straße hat sich schon wieder belebt, so schnell gewöhnen sich die Leute an einen Fisch. Eine alberne Schönheit in kanariengelbem Umhang will ihn mir abspenstig machen, weil seine Farbe angeblich zu ihrem Umhang paßt. Er würdigt sie keines Blickes. Er kommt mir vor wie ein abgeklärter älterer Herr. Vor den Büchern bedauert er wohl, nicht russisch zu können. Ich übersetze ihm ein paar Titel, und er hört höflich zu. Wenn dir langweilig ist, Fisch, sage ich, geh weiter. Geh ruhig weiter, laß dich durch mich bloß nicht aufhalten.

Fische müssen alles wörtlich nehmen. Er deutet eine korrekte Verbeugung an und geht. Dabei war doch noch lange nicht alles gesagt.

Der Ungenannte – vielleicht sitzt er noch immer donnerstags um vierzehn Uhr im Espresso, aber ich darf ihm um nichts in der Welt über den Weg laufen – er würde nie Kenntnis bekommen von dieser provisorisch „Fisch“ genannten

Erscheinung. Warum nicht? Weil ich es nicht ertragen könnte, meinen Goldfisch mit zwei, drei säuberlichen Schnitten tranchiert zu sehen (er ist ja Arzt, mein Unbekannter, Chirurg). Weil ich nicht zusehen will, wie geschickt er die Mittelgräte freilegt, sie hochhält, um sie zu mustern und sie dann einfach über die Schulter wirft: Mumpitz.
Solche Wörter gebraucht er.
Komm zurück, Fisch, schöner Fisch, komm. Er kommt nicht, er kommt nie auf Ruf. Er ist mit dem kanariengelben Umhang auf der Friedrichstraße in Richtung Oranienburger Tor unterwegs und nimmt die Huldigungen der Jugend entgegen, die die Läden stürmt, um Tücher in seiner Farbe zu kaufen: gold. Ach Fisch, mit der Kanariengelben wirst du zugrunde gehen. Zu welchem Grund? Eben das hätten wir gemeinsam herausfinden sollen, aber du zogst es vor, mich allein zu lassen.
Allein mit dem Spiegelbild des Lindenhotels in der Schaufensterscheibe der Buchhandlung, und der Stimme hinter mir, die englisch sächselte und einer anderen original englischen Stimme bekanntgab, daß unser neues Lindenhotel in kurzer Zeit das amerikanische Hilton in der Anzahl der Dienstleistungen ein- und überholen werde. Mit dem Fisch zusammen hätte ich mir jetzt alle dreißig möglichen und unmöglichen Dienstleistungen, vom Schuheputzen bis zum

Regenschirmverleih, Stück für Stück ausdenken können, und dann dazu die Gäste, die sie tagtäglich in Anspruch nehmen müssen.
Da ist in einem unbewachten Moment in der blitzenden Scheibe anstelle des Lindenhotels eine Trümmerlandschaft aufgetaucht, winddurchpfiffen, unkrautbewachsen, von einem Trampelpfad überquert, auf dem drei Figuren gehen, die mir bekannt vorkommen. Ich fahre herum: nicht schnell genug. Meine Landschaft ist weg. Wir drei, die wir mit unseren altmodischen schäbigen Klamotten nicht unter das gut gekleidete Publikum passen, winden uns zwischen den Parklücken vor dem Lindenhotel durch. In den Taschen unserer Windjacken verstauen wir die weißen Zettelchen, auf denen «Wahlhelferausweis» steht, und wollen uns ausschütten über das anrüchige Wort «legal», das man uns soeben im Gewerkschaftshaus eingehämmert hat. Legal wie noch nie, sagt unser Freund Peter, hakt Marianne unter und rennt in einem Zug die S-Bahn-Treppe Bahnhof Friedrichstraße hoch, und eine Viertelstunde später mit einem Ruck in Bellevue wieder runter. Das muß ihnen nichts ausmachen, Mädchen, Sie waren gerade acht Jahre alt und sollten erst elf Jahre später auf ihn treffen. Es ist auch bloß, damit Sie wissen, mit wem Sie es dann zu tun kriegten.
Das Weiße im Auge des Gegners. Der Stupo wie angewurzelt im Hausflur, wir langsam die

Treppe runter auf ihn zu, mein Freund Peter aber lässig ganz nahe an ihn heran: Na Meister? Der wollte unsere Wahlhelferausweise nicht mal sehen, er hatte eine der Broschüren in der Hand, die wir soeben durch die Briefkastenschlitze in diesem piekfeinen Beamtenhaus geworfen hatten, er tippte bloß mit seinem dicken Finger auf eine Stelle, die nach seiner Meinung einen Genehmigungsvermerk hätte tragen sollen. Er sagte: Illegal. Mitkommen.

In solchen Fällen zeigt man keine Wirkung, Mädchen. Man zerreißt weisungsgemäß den Wahlhelferausweis, ohne sich zu fragen, warum. Man folgt dem Polizisten unter Protest, bleibt aber, wenn man mein Freund Peter ist, nochmal vor dem Knirps stehen, der barfuß im Rinnstein hockt und schreit: Kommunistenschweine aufhängen. Alle? fragt Peter leichthin und hebt das Kinn des Knirpses an, dem sich vor Schreck die Augen weiten. Du, überleg dir das. Gibt ne Menge Arbeit.

Seit wann geht man in Mitteleuropa bei Rot über die Straße, meine Dame? Die Dame bin ich, und ein Verkehrspolizist erteilt mir nun eine Sonderbelehrung, die in der Feststellung gipfelt, daß es keine Rolle spielt, ob die Kreuzung frei ist oder nicht. Rot ist Rot, und das ist eine prinzipielle Frage. Inzwischen ist wieder Rot.

Peter jedenfalls – Ihnen ist es doch nicht peinlich, Mädchen, wenn ich auf ihn zurückkomme? –

verbot uns strikt, als wir sieben Tage später entlassen vor den Toren der Haftanstalt Moabit standen, den westberliner Schiebern und Spekulanten auch nur eine Mark unseres ehrlichen Geldes zum Schwindelkurs in den Rachen zu schmeißen (es ging ja um S-Bahn-Rückfahrkarten). Lieber schmuggelte er uns mit seinem verfallenen Studentenfahrtausweis durch die Sperre, wobei wir gezwungen waren, unseren Staat, dem ja die Einnahmen der S-Bahn zufließen, um sechzig Pfennig Fahrgeld zu betrügen. Peter dachte dialektisch und wendete für diesen Sonderfall die Theorie des kleineren Übels an, und dann ging er der Besatzung des Wahlbüros – hier nebenan im FDGB-Haus, Mädchen – die Meinung geigen: Hatte man uns nicht sagen können, daß wir illegales Material mit uns führten? Nun, sagten die, da seien wir ja wieder, freigekämpft unter ihrer Führung, hätten durch Eingesperrtwerden unseren Auftrag übererfüllt und sollten die Auswahl des Agitationsmaterials getrost den Genossen überlassen, die den größeren Überblick hätten.
Taktik, sagte Peter draußen zu uns. Da sieht man nicht so durch.
Bloß damit Sie Bescheid wissen, Mädchen. Damit Sie einen nicht für verrückt halten, wenn einem plötzlich die Wände des neuen Großblockbauhotels ins Wanken kommen, durchsichtig werden, als gäbe es sie nicht. Als Sie hier

an dieser Kreuzung auftauchten, Fräulein, neunzehnjährig, unschuldig und nichts weiter, da war die Straße gerade aufgerissen, von tiefen Baugruben gefurcht, von schweren Rammen erschüttert, ich weiß. Monatelang, wenn Sie zur Uni gingen, balancierten Sie hier über Bohlenstege.
Auch an jenem Morgen vor der neuen Vorlesung bei dem neuen Dozenten, von der Sie sich, wie Sie wahrheitsgemäß beteuern, nichts Böses gedacht haben. Doch Hand aufs Herz und nicht gelogen: Stimmt das denn? Trifft uns je ein Blitz aus heiterem Himmel? Steht man denn wirklich ganz unbefangen in der Tür des Hörsaals (dies nur als mögliches Beispiel), verspätet, und schleicht sich auf Zehenspitzen zu dem Eckplatz, den die Freundin freigehalten hat? Ist es denn Zufall, daß man den gleichgültigen Blick des jungen Dozenten, der soeben seine erste Vorlesung für die unteren Semester begonnen hat, nicht auf der Stelle wieder vergißt?
Wie Schuppen fällt es mir von den Augen: Hat sie nicht Geschichte studiert? Kann – oder muß! – mein alter Freund Peter nicht ihr Dozent gewesen sein? Er also!
Übrigens: Warum nicht er?
Über die Gewalt von Blicken brauchen Sie mir nichts zu erzählen. Daß sie, wie die heimtükkischen unter den Giften, erst später zu wirken beginnen, lange nach der Vorlesung zum Beispiel, man sitzt im Seminar und liest etwas über

die Mächtekonstellation, die zum Ersten Weltkrieg führte, da trifft es einen, und man kann seine Bücher zuklappen und nach Hause gehen. Obwohl Sie diesen Blick schon kannten, als Sie in Ihrer Mädchenkammer das Kleid für den Abiturball anprobierten. Haben Sie nicht seinetwegen nach dem Ball den Freund verabschiedet, der bis heute nicht aufgehört hat, sich Hoffnungen zu machen? Allerdings begannen Sie, weil Sie so unmäßig lange auf diesen Blick warten mußten, mit nackten Füßen auf dem durchgewetzten Läufer im Untermieterzimmer der Briefträgerin Kosinke, Oranienburger Tor, hin- und herzulaufen, immer hin und her, woran sich selbst der fünfzehnjährige Sohn der Briefträgerin, Otto, der für vieles in der Welt Verständnis hat, nur schwer gewöhnen konnte.
Die Fliegen fallen von den Wänden, Otto, siehst du das? – Aber gewiß doch, Frollein, es wird klamm, wo solln sie denn sonst runterfalln? – Deine Schwester Uschi, Otto, die da an der Wand hängt – die ist wohl mächtig zufrieden, was? – Die? Direkt glückselig ist die Ihnen, wenn die bloß ihr Stewardessen-Käppi aufsetzen kann! – Wir mußten mal einen Aufsatz schreiben, Otto, der hieß: Was ist Menschenglück. – Sowas kommt heute weniger vor, Frollein, man ist nicht mehr so für das Abstrakte. Was haben Sie denn geschrieben? – Weiß ich nicht mehr, Otto. Total vergessen.

Nach der dritten oder vierten Vorlesung bei meinem Freund Peter, nachdem das Mädchen gründlich und mißtrauisch, wie die heutige Jugend nun mal ist, immer wieder, wo sie ging und stand, überprüft hatte, ob sich die Wirkung gewisser Blicke auf sie nicht doch abnutzen würde (sie tat es nicht, sie nutzte sich nicht ab) – an jenem Tag also, als der teure neue Delikateßladen hier unter den Arkaden Ecke Friedrichstraße zum erstenmal Prager Würstchen verkaufte und den Andrang kaum bewältigen konnte: stand das Mädchen, wo ich jetzt stehe, unter den Arkaden; war den rücksichtslos andrängenden Kunden ein Hindernis und faßte ohne Zeugen einen bindenden Entschluß: Von dieser Sekunde an zu vergessen, was zu fühlen man sich erlauben darf; was man tut und was nicht; was man sich durchgehn läßt und was mit einem durchgeht.

Dies ist eine Tatsachenschilderung, Mädchen, wir beide wissen es, aber man wird sie uns nicht abnehmen. Herr Ungenannt, der von Ihrer Geschichte alle Indizien in der Hand hatte und sie mir einzeln vorwies, hat mich nach meinen Gegenbelegen gefragt. Sonst tappt man doch völlig im Dunkeln, hat er gesagt, und ich erschrak, wie blind er schon war. An dem Tag, auf den ich hoffe, weil dann niemand mehr zwischen mir und denen stehen wird, die mir glauben wollen, nicht einmal ich selbst – an diesem fernen Tag wird man mir die verrücktesten Erfindungen als blanke Wahrheit aus den Händen reißen und mich dadurch zwingen, immer die Wahrheit zu sagen, nichts als die blanke, verrückte Wahrheit. Heute aber taste ich noch nach dem rauhen Steinpfeiler, an den ich mich gelehnt habe, als tauge er zum Beweis dessen, daß auch Sie, Mädchen, einst hier gestanden haben... Soweit kann es mit einem kommen. Aber wem sage ich das?

Leute gingen vorbei, ich kannte keinen. Einer grüßte mich. Auch ihn brauchte ich nicht zu kennen, mein Traumzensor, weniger streng als du, ließ es durchgehen. Da fiel mir ein: Das war mein Kollege gewesen, ein Jahr lang hatten unsere Schreibtische Flanke an Flanke im gleichen Büroraum gestanden. Nun wird auch er mich für hochmütig halten. Die Klage wurde als Ausflucht zurückgewiesen. Ich hätte gefälligst nüchtern zu bleiben. Traumnüchtern. Und mich zu erinnern.

Zu erinnern – woran?

Höhnisch: Ob ich da wirklich Nachhilfe brauche?

Du wirst es kaum glauben: eine Art Vernehmung. Was hatten die denn davon, wenn ich mich an Einzelheiten erinnerte? Da ich doch zugegeben hatte, daß ich den Entschluß des Mädchens schon einmal verteidigen mußte? Die Fragerei ging weiter: Wann? Wo? Ich wurde

ungeduldig. Damals im Dezember, ich sagte es schon, am Treppengeländer der Staatsbibliothek, als man mir... Wer: Man? Nun, jener Namenlose, Ungenannte eben, den anzugeben ich vor jeder Instanz verweigern würde.
So? Wir werden sehen. Was sagte er übrigens?
Was sie so sagen. Wenn ich recht hätte mit meiner Annahme (es war ja mehr als Annahme: es war Gewißheit), das Mädchen sei nicht blind in sein Unglück geschlittert (ich hatte behauptet: Was es tat, habe es tun müssen) – nun, so sei es eben sehenden Auges hineingerannt, und was das bessern solle, könne er nicht begreifen. Sich selbst vernichten wollen, aus reinem Übermut, oder unter einer Lawine begraben werden: Das Ergebnis sei in beiden Fällen das gleiche.
O, wenn Sie doch wüßten, wie sehr Sie unrecht haben!
Dieses Lächeln wieder, dieses Brauenhochziehn. Als ob du sie kennen würdest!
Und wenn?
Da habe ich seine Augenlider flattern sehen und endlich jenen Ton in seiner Stimme hören können, auf den es mir ankam: Ich weiß, worauf du hinauswillst.
Das Wort Leidenschaft. Vorher hatte ich es noch nie in einem gewöhnlichen Gespräch gehört, einem Gespräch, wie man es in einer Foyerhalle führen kann, lässig an das Treppengeländer gelehnt. Leidenschaft als ungebändigter Trieb-

Überschuß. Dieses Mädchen mit seiner unsinnigen Leidenschaft. Als könne man sich nicht satthören an diesem Wort, wo es nun einmal die Barrieren durchbrochen hat. Leidenschaft und alle die entwürdigenden Abwege, die immer, besonders aber heutzutage, unausweichlich an sie gekettet sind...
Ach bitte, sagte ich leise – aber erfunden haben Sie das Mädchen doch nicht?
Da habe ich ihn verlegen gesehen. Ideen hast du! sagte er. Erfunden! Warum sollte ich!
Nun, das war nur zu klar: aus Gründen der Abschreckung. Da hat er, ertappt, für diesmal das Gespräch abgebrochen.
Nun laufen Sie schon wieder über diesen Läufer hin und her, Frollein. Und im Fernsehn ist Fußball. – Lauf ich denn, Otto? Aber das ist doch jetzt ganz was anderes...
Man hat mir geraten, zur Tagesordnung überzugehen – mir, die ich früher weit geringeren Wundern nachgelaufen bin. Eine Fähigkeit, die ich verloren glaubte und gerade zu vermissen begann – das Zeichen, daß sie wieder benötigt wurde. Von Hirngespinsten, sagte er noch, kann doch kein Mensch leben.
So hat er mit mir gesprochen. Nun habt ihr es gehört und könnt euch zufrieden geben.
Er witzelte sogar, machte sich lustig über eine, die auszog, das Fürchten zu lernen.
Na und? habe ich gesagt. Hat sie's gelernt?

Gründlich! hat er versichert. Daß du da überhaupt fragen kannst.
Na also, hab ich zum Schluß gesagt und doch das letzte Wort behalten: Dann hat sie bekommen, was sie wollte.
Dazu hat er ein hilfloses Gesicht gemacht, und das war alles. Belanglos, wie ich es vorhergesagt habe. Man kann Ruhe geben. Das Mädchen wird von Otto eingeladen, bei Kosinkes Kartoffelpuffer zu essen. Ich werde mir das Kleiderangebot in der „Sibylle" ansehen.
Mein Traumzensor gibt sich als Weltmann, er stellt die Ampeln auf Grün, er hält mir die Türen auf, läßt mich passieren wie eine Königin, dreht mit ironischem Schwung vor mir den Kleiderständer, erhebt mich zur einzigen Kundin, hat den Verkäuferinnen untersagt, auch nur mit den Mundwinkeln zu zucken, was sie sonst ja ungeniert tun. Ich durchschaue das alles, aber ich bin kein Spielverderber. Ich lasse mir das Maisgelbe zuspielen und nicke blasiert. Wenn die darauf bestehen, nehme ich es gnädig; dabei hab ich sie überlistet: Es steht mir ja, es gefällt mir ja wirklich, ich will es ja unbedingt. Herablassend gestatte ich, daß man für mich zahlt. Das wird sich so gehören, und von selbst versteht sich, daß mir keine Verpflichtungen daraus erwachsen. Erhobenen Kopfes finde ich mich, neu gekleidet, wieder auf der Straße und kann mir sagen, daß ich diesmal alles richtig gemacht habe: Das

Gute genommen und unbestechlich geblieben. Dies wäre die Art, wie man auch sonst vorzugehen hätte, teile ich meinem Zensor mit. Dies wäre die Art, sich Hochgefühle zu verschaffen; ganz egal, wer sich da in irgendeine Ecke hockt und ironisch grinst.

Aber er grinse ja nicht, sondern billige – bescheiden macht er mich darauf aufmerksam. Mehr als das: Der Vorschlag stamme von ihm, wenn ich gerecht sein wolle. Aber gerecht wollte ich nicht sein. Niemand, sagte ich ihm, könne einem Menschen auf die Dauer zumuten, an solchen Spaßverderber gekettet zu sein. Das gibt er übereifrig zu, ohne weiteres, sagt er mehrmals, ohne weiteres, und beschwört mich, ihn als nicht vorhanden zu betrachten, wie weggeblasen, und ich sollte mich von dieser Sekunde an endgültig und vollständig frei fühlen.

Da werde ich sehr zornig und nenne ihn unverschämt. Nicht er hat mir die Freiheit zu geben. Ich bin es, die sie sich nimmt.

Gewiß, sagt er demütig.

Ich bin zu stolz, mich mit ihm um das letzte Wort zu streiten.

Die schöne Freiheit, nicht wissen zu müssen, was ich weiß – ich habe sie mir seit langem genommen. Schon damals, als Max anfing, mir Informationen zuzuspielen. Er, der in Ehren grau geworden war, begann auf seine alten Tage, sich in weltliche Angelegenheiten zu mischen, seine

Mittel waren plump, doch rührten sie mich, und ich konnte ihm nicht auf den Kopf zusagen, daß er mich belog, wenn er anzudeuten versuchte, er handle «im Auftrag». Ich nahm mir die Freiheit, ihm zeitweise zu glauben, damit ich eine gar zu ungeschickt eingefädelte Verabredung einhalten konnte, ohne mir etwas zu vergeben. Ich fühl mich nicht so recht, du, kannst du nicht heute gegen fünf mal vorbeikommen? Denselben Text dann an eine andere Telefonnummer gerichtet. Ein Arzt wird dem leicht erkrankten Freund einen Besuch nicht verweigern. So daß zufällig zwei bekannte Gesichter zu gleicher Zeit bei ihm auftauchen und genau jenen Grad von Überraschung heucheln, den Max von uns erwarten konnte. Vorausgesetzt, daß er, der leider nach mir eintraf (wer zuerst da ist, gerät zu leicht in die Rolle des Wartenden), genauso gut geheuchelt hat wie ich und nicht etwa wirklich überrascht war.

Ein Vorgang, den wir ein gutes Dutzend Mal hätten wiederholen können, wenn es verlangt wurde. Verlangt wurde es ja, das könnte ich bezeugen. Aber gewährt wurde es nicht. Noch am Abend des gleichen Tages beschloß ich: Max hat Regie geführt, und zwar meinetwegen. Nur meinetwegen (du weißt, manchmal ziehe ich den unerträglichen Gedanken allen anderen vor). Daher wird es keine Wiederholung geben, und der Zufall allein muß ab heute regieren.

Der reine, ungeschminkte Zufall. Das leuchtet den vom Schicksal Begünstigten ein, es ist aber böser Hochmut und kommt vor dem Fall. Der Kopf produziert nun pausenlos Gelegenheiten, kühne Kombinationen, die kein seriöser Zufall sich entgehen lassen dürfte. An jeder Straßenkreuzung zum Beispiel kann ein bestimmter blauer Wartburg zufällig einen kleinen Unfall haben, zufällig steht man in der Nähe, kommt als Zeuge für die Unschuld des Fahrers in Betracht ... In dieser Art.

Aber die Zufälle sind heute auch nicht mehr, was sie mal waren, wenn man den älteren Literaturen glauben darf. Und der Hochmut vergeht einem restlos, spätestens am Abend des fünften Tages. Dann schleppt man sich noch drei, vier Tage durch, die man nicht nochmal erleben möchte. Am Abend des neunten klingelt man gegen fünf an einer Wohnungstür. So kommst du doch? sagt Max, der magerer geworden ist und sich nicht täuschen läßt. Unser gemeinsamer Freund ist auf einer Studienreise im Ausland.

Dies hat kein Zufall wissen können, und es erleichtert mich sehr. Wie lange er wegbleiben will – drei Wochen, vier – ist schon gleichgültig, da die Zeit sich neuerdings nach Sekunden mißt. Die Pause, fand ich, war mir zu gönnen.

Das Mädchen indessen, dem weder Pausen noch Tröstungen gewährt sind, muß tätig werden. Denn die Schraube wird angezogen, und sei es

nur um eine Windung täglich; das macht von gestern auf heute den Unterschied zwischen noch auszuhalten und ganz und gar unerträglich aus. Die ahnungslose Fakultätssekretärin will nicht die Verbündete machen, will keine Adresse herausgeben, denn eine Seminararbeit gibt man dem Dozenten nach der Vorlesung, also entweder gestern oder übermorgen.
Nein. Heute.
Sie weiß ja nicht, über was für Informationen sie achtlos verfügt. Wie, auch die Telefonnummer noch? Na meinetwegen, es ist vielleicht wirklich besser, Sie melden sich erst mal an.
Das nun wieder nicht. Sondern das Mädchen geht zum Postamt am Bahnhof Friedrichstraße und tritt in die Telefonzelle rechts hinter der Glastür. Aus dem Kopf wählt sie die Nummer. Eine Frauenstimme meldet sich (ich kenne sie ja, das Mädchen aber nicht: Marianne). Dreimal fragt sie: Hallo, ist da jemand? Ja wer ist denn da! So melden Sie sich doch! Dann wird aufgelegt. Sicher falsch verbunden, sagt Marianne zu meinem Freund Peter, der neben ihr am Schreibtisch sitzt und sie die Gespräche annehmen läßt, weil er sich häufig verleugnen lassen muß.
Es passiert nichts, und es wird nie was passieren. Dies zu Otto Kosinke gesagt, der sich skeptisch gibt und einwendet, daß nirgends in der Natur Stillstand herrscht. Dies sei ein Gesetz, übertragbar auf die menschliche Gesellschaft, wie sein

Geschichtslehrer ihm heute bewiesen hat. Da behält das Mädchen seine Zweifel für sich, die nicht das große Ganze betreffen, wohl aber das einzelne Kleine. Mit mir passiert nichts, Otto, und das ist das größte Unglück. Du wirst schon sehn.

Am besten, dann läßt man alles stehn und liegen und geht spazieren, so wie ich heute, obwohl ich ja andere Gründe habe, denn ich bin bestellt. Höchste Zeit, daran zu erinnern. Der Wäsche-Exquisit-Laden kommt vorbei, die Faustbälle und Campingmöbel im Schaufenster des Sportgeschäfts, die neuesten Selbstverpflichtungen im Schaukasten des Zentralrats der FDJ. Fast lasse ich mich täuschen, glaube auf wirklichen Pflastersteinen, unter wirklichen Linden zu gehen. Bis sich ein Finger, hart wie ein Pistolenlauf, in jene Stelle meines Rückens bohrt, die man aus Kriminalfilmen kennt. Folgen Sie mir unauffällig, sagt Max, in einem Tonfall, daß ich nicht erschrecken soll. Er weiß aber, daß ich trotzdem erschrocken bin, weil er ja tot ist. Ein Traum, in dem solches vorkommt, droht ins Zügellose abzugleiten, das wirst du zugeben. Ihn, Max, lasse ich nichts merken. Hallo Max, sagte ich unbefangen. – Man weiß ja, wie diese Art Unbefangenheit auf die von ihr Betroffenen wirkt.

Hallo, sagt er. Na, immer noch dasselbe?

Nein, sage ich entschieden. Nein Max, durchaus nicht. Heute bin ich nämlich bestellt.

Darüber ist er natürlich unterrichtet. Er könnte seine ewige Besserwisserei ablegen, aber das tut er nicht. Wir setzen uns auf zwei freie Stühle auf der Mittelpromenade. Du läßt dich gehen, sagt er. Ein bißchen lange schon. Findest du nicht?
Ich schweige verstockt, da lenkt er ein. Er, dem nichts gleichgültiger sein kann als Frauenkleider – er lobt mein neues Kleid. Das hätte er nicht tun sollen. Wütend beschimpfe ich ihn. Wegen seiner unerschöpflichen Einsicht und seines naiven Fortschrittglaubens. Das haben wir dir alles nachgetragen, sage ich ihm. Und weißt du wann? An deinem Beerdigungstag.
Direkt vom Dorotheenstädtischen Friedhof, von allen staatlichen Ehren weg sind wir in die Gokkelbar gegangen und haben üble Nachrede betrieben, er, den du „unseren gemeinsamen Freund" nennst, und ich. Nachrede über Max, den wir in unseren gemeinsamen Gesprächen schon lange „den Alten" nannten. Der Alte, der es fertiggebracht hat, rechtzeitig zu gehen, ehe er dahin gekommen wäre, alles Bestehende gutzuheißen, bloß weil es besteht.
Wir tranken Wermut, und dann sowjetischen Cognac. Es war das einzigemal, daß wir miteinander tranken. Dabei stellte sich heraus, wir hatten Talent dazu. Wir hoben unsere Gläser und tranken auf den Alten, immer wieder auf ihn. Wir sprachen über nichts als über ihn, den Alten, diesen gerissenen Hund. So nannte ihn „unser

gemeinsamer Freund" nach dem dritten Cognac. Dieser gerissene Hund, nun betrauert ihn alle Welt, und wie! Fünf Jahre später wär er schon bei Lebzeiten vergessen gewesen. Auch von Ihnen? fragte ich. – Selbstverständlich, sagte er. Wofür hältst du mich denn. Auch ich spare mir am liebsten die Trauer, wie jedermann.

O gewiß, sagte ich. Herr Jedermann gibt sein Geld aus, damit die Volkswirtschaft floriert, aber er spart sich seine Gefühle. Kollege Jedermann wird konkurrenzfähig. Genosse Jedermann hat Erfolg.

Weißt du, was er da gesagt hat, Max? Er sagte: Schmähe mir den Alten nicht.

Laß, sagt Max. Überschätz diese Regungen nicht. Das schlechte Gewissen der Lebenden. Normal. Als bekämen die Toten allein dadurch recht, daß sie sterben. Aus Erfahrung sage ich dir: Der Tod beweist nichts. – War übrigens anständig von euch, daß ihr mir nicht noch nachträglich durch Lobhudelei mein Leben verdorben habt.

Da frage ich ihn, wie es anfängt. Eine gewisse Unruhe zuerst? Schlaflosigkeit? Dann das Ziehen in der linken Brustseite? Der Druck? Der Schmerz bis in den Arm? Das ärztliche Achselzucken: Die Instrumente verzeichnen nichts? Nur daß es häufiger wiederkommt, und nicht nur bei Gelegenheiten, sondern schon beim Gedanken an Gelegenheiten. Kurzatmigkeit

stellt sich ein? Sei mal ehrlich, Max, du brauchst mich nicht zu schonen: So fängt es doch an, ja?
Max hatte sich schon davongemacht. Da ging ich auch. Blieb auf dem Mittelstreifen und schlenderte langsam zum Brandenburger Tor, unter Touristen, die das gleiche Ziel, aber nicht soviel Zeit hatten wie ich. Ein Reiseleiter verteilte Bonbons und kleine rote Äpfel an seine Gruppe. Ich merkte, daß mir der Gaumen trocken war, und wünschte mir eine Erfrischung. Da hatte auch ich ein rotes Äpfelchen in der Hand. Aber ich gehöre nicht dazu, sagte ich, doch er schnitt jeden Protest mit einer großzügigen Geste ab. Ich biß sofort in den Apfel und fand ihn über alle Maßen erquickend. Das sagte ich einem jungen Burschen, der neben mir ging und, da auch er seinen Apfel aß, zur Gruppe meines Reiseleiters gehören mußte.
Er teilte meine Begeisterung über den Apfel nicht und zeigte sich überhaupt wortkarg. Er reizte mich. Sie kommen mir bekannt vor, sagte ich. Sie mir auch, erwiderte er ungerührt. Ich weiß nicht, was mich hinderte, ihn als den unverschämten Burschen zu behandeln, der er gewiß war. Ich weiß nicht, was mich stachelte, mich mit ihm einzulassen, obwohl abzusehen war, daß nichts als Ärger dabei herausspringen würde.
Schon ärgerte ich mich über mein schlechtes Gedächtnis für Gesichter. Schon entschuldigte ich

mich dafür bei dem Burschen, den ich dadurch nicht gnädiger stimmte. Es sei ihm vollständig egal, ob er wiedererkannt werde oder nicht. Manche Leute legten Wert darauf, bekannt zu sein wie ein bunter Hund – er nicht. Nun begann ich zu fürchten, ihm durch meine Zudringlichkeit lästig zu werden, sah aber, wie das im Traum häufig vorkommt, keine Möglichkeit, mich von ihm loszumachen.
Da wurde ich abgelenkt durch eine Frau, die, Apfel essend natürlich, vor mir herging. Es war eine dralle, fröhliche Person in einem prall sitzenden hellblauen Kleid. Ich kannte, Gott weiß woher, die Vorderansicht dieses Kleides: Es war mit einer Doppelreihe weißer Knöpfe besetzt und hatte auf der linken Brusttasche einen gestickten Hahn. Ich vergaß meinen frechen Burschen, überholte die Frau und überzeugte mich von der Richtigkeit meiner Voraussagen. Auch das Grübchen in der linken Wange erkannte ich wieder. Die Frau nickte mir zu wie einer alten Bekannten, ich faßte mir ein Herz und fragte, ob wir uns schon begegnet seien. Sie lächelte gutmütig und zeigte auf den gestickten Gockel an ihrer Brust. Gockel-Bar, sagte sie.
Ich erschrak mehr, als ich sagen kann. Ich weiß nun, wie ein Missetäter erschrickt, der seine Untat tief im Verborgenen zu halten suchte und sich plötzlich von Zeugen umringt sieht.

Ich begriff jetzt, mit wem ich es hier zu tun hatte, und erkannte sie alle, einen nach dem anderen.
Bei der Kellnerin aus der Gockel-Bar hatte sich die kleine, schwarzlockige, quicklebendige Verkäuferin von PGH Herrenmode eingehakt. Sie hatte ich damals mit meinem Wunsch nach einem Double zu jener durch Wermuttropfen verdorbenen Trauerkrawatte – schwarz mit silbergrauen Streifen – fast zur Verzweiflung gebracht. Nun mußte ich damit rechnen, daß sie hier vor allen Leuten mit mokantem Lächeln das kleine Seidenpapierpäckchen aus meiner Handtasche fischen würde, um die durch weißen Wermut befleckte Krawatte vorzuweisen. Und daß so ein Nichts in jeder Verhandlung plötzlich zum letzten, wichtigsten Beweisstück werden kann – wer wäre heute noch so naiv, das nicht zu wissen?
Auch das Telefonfräulein vom Postamt Alexanderplatz schien mit der Herrenmoden-Verkäuferin befreundet zu sein. Alle steckten sie unter einer Decke. Sie selbst, mit der Fähigkeit bedacht, ihre eigenen Vergehen sofort zu vergessen, haben das beste Gewissen von der Welt. Ihr Gesicht möchte ich sehen, wenn ich ihr vorhielte, daß sie mich an jenem Herbstnachmittag eine geschlagene Stunde auf ein dringendes Gespräch nach Jena hatte warten lassen, während sie selbst fünfmal ihren Freund angerufen

und für jede Minute des vergangenen Abends von ihm Rechenschaft gefordert hatte. Natürlich hat sie mein Gespräch dann belauscht, um darüber zu gegebener Zeit ihre Aussage machen zu können.

Zuerst meldete sich eine weibliche Bürostimme, der ich den Namen des Herrn Ungenannt preisgeben mußte. Es war dies das einzige Mal, daß ich ihn, zusammen mit dem meinen, vollständig aussprach. Angeblich mußte man ihn rufen. In dieser pharmazeutischen Forschungsstelle schien kein Mensch eine Ahnung von der Kostbarkeit einer Minute zu haben. Immerhin atmete er hastig, als er sich endlich meldete. Er hatte es erwartet, daß Max sterben würde. Ja, er käme zur Beerdigung. Woher ich denn seine Telefonnummer hatte. Aus Ihrem letzten Brief, konnte ich ihm antworten, den Max mir übergeben hat, für den Fall, daß Benachrichtigungen nötig werden. – Das sieht dem Alten ähnlich, sagte er. Ja, ich richte es ein. Ich komme.

Das Telefonfräulein, so schlau es sein mag hinter seiner Trägheit, wird nichts darüber aussagen können, wie ich die Wartestunde auf der Bank vor ihrem Schalterfenster in Wirklichkeit verbracht habe: Dreißig Worte zu einem Text formierend, der nichts verraten und alles enthalten sollte, was zu sagen war. Nur daß ich ihn, als ich seine Stimme hörte, vollständig vergaß.

Hinter den anderen, als gehöre er nicht dazu,

humpelte der grauhaarige Eisenbahner vom Fahrkartenschalter am S-Bahnhof Zentralviehhof. Sein Mißvergnügen war unpersönlicher Natur, ich bezog es nicht auf mich, schon damals nicht. Er nahm keine Notiz von mir, aber natürlich war auch er mit diesem unentrinnbaren Gedächtnis versehen, natürlich war auch er als Zeuge geladen, um zu gegebener Zeit auszusagen, wann und auf welche Weise ich ihn in seinem Knipserhäuschen nach einer ganz bestimmten Straße gefragt hatte. Die Straße wird dann also öffentlich genannt werden, und der Fahrkartenkontrolleur wird sich erinnern, daß ich dringlich auf der Auskunft bestand, die er mir, aus Mitleid oder Griesgrämigkeit, am liebsten verweigert hätte. Denn wozu sollte es gut sein, daß ich in diese Straße pilgerte? – Er wird vermahnt werden, mein Eisenbahner: Die Fragen stellt hier das Gericht. Wie ich denn auf ihn gewirkt habe? Nervös? Gefaßt? Mein Fahrkartenknipser ist an solche Worte nicht gewöhnt. Er zögert. Man hilft ihm ein: Ungeduldig? Etwa gar – besessen? Er wird zu jedem dieser Worte nicken und man wird zufrieden mit ihm sein. Solche Worte liebt man dort, wo es zur Verhandlung kommen wird.

Man fragt ihn dann nur noch, wann ich seinen Schalter passiert habe. Darauf kann er glatt und schnell Auskunft geben: Um siebzehn Uhr zwölf. Danke, er kann gehen. Jetzt ist der unverschämte junge Bursche an der Reihe, jetzt erkenne ich ihn auch: Mein Taxifahrer, der mich an dem zur Debatte stehenden Tag (es ist der siebte Februar dieses Jahres) von der Ecke jener nun mehrmals genannten Straße spätabends – spätabends, Hohes Gericht! – nach Hause fuhr. Das bestätigt er, auch jetzt ohne Eifer: das kränkt mich am meisten. Wann genau er mich an jener Ecke aufgelesen habe? – Einspruch, Euer Ehren, sage ich als mein eigener Verteidiger. Ihre Wortwahl suggeriert Verwahrlosung, Kriminalität. – Dem Einspruch wird stattgegeben, das Wort anders gewählt: Wann ich ihn herangewinkt hätte. – Gegen zweiundzwanzig Uhr, sein Dienst hatte gerade begonnen. Übrigens hätte ich den ganzen langen Weg quer durch Berlin (der Fahrpreis von neunzehn Mark dreißig sei von mir auf zwanzig Mark aufgerundet worden) kein einziges Wort mit ihm gesprochen. Als wenn mir jedes Wort zuviel gewesen wäre.

In dem Schweigen, das dieser belanglosen Aussage folgt, ist jeder mit Rechnen beschäftigt. Vier Stunden und achtundvierzig Minuten mitteleuropäischer Zeit habe ich am siebten Februar in jener Straße vertan, aber niemand wird ein Sterbenswort darüber verlieren. Es geht ihnen nicht darum, mich zu beschämen, ihr Auftrag ist nur, mich zu überführen. Unparteiisch und zu meinem Besten erledigen sie ihn.

Jener Mann da zum Beispiel, der fröhliche Reiseleiter, der uns bis an das Mäuerchen kurz vorm Brandenburger Tor geführt hat; er, der mir wirklich nichts vorzuwerfen hat als die Tatsache, daß ich eines schönen Tages in sein Reisebüro gekommen bin, ein paar Prospekte eingesteckt und die Werbeplakate an den Wänden gemustert habe (denn grußlos bin ich schnell wieder gegangen, ohne mich durch eine Frage nach Wochenendreisen für zwei Personen endgültig entlarvt zu haben) – dieser nichtsahnende Mann soll also das Urteil sprechen. Was wird er sagen? Ich weiß es ja. Im Zuge humanen Strafvollzugs wurde es mir vor längerer Zeit mitgeteilt: Furchtbar bedroht ist die Liebe, nicht nur durch den Nebenbuhler, auch durch den Liebenden selbst.

Stumm, denn das Wort ist mir längst entzogen, werde ich mich zum Gehen wenden. Wenn es dort Türen gibt, wird der kleine freundliche Liftboy aus dem Lindenhotel mir freundlich und diskret alle Türen aufhalten. Seine Aussage (die einzige, die mir wirklich hätte schaden können) wird nicht mehr benötigt. Das Maß ist voll. Draußen aber wartet mein unverfrorener Taxifahrer und bietet mir, damit er seinen Plan erfüllen kann, gleichmütig seine Dienste an.

Berufung kann nicht eingelegt werden. Ich weiß. Ich habe es immer gewußt. Einmal würde ich

mich auf nichts mehr berufen können. Ich war in die Falle gegangen.
Panik erfaßt mich. Mit letzter Kraft stoße ich mich von dem Mäuerchen ab und fliehe schrittweis, rückwärts gehend. Schon hoffe ich, entkommen zu sein, da winkt unser Reiseleiter mir herzlich zu: Gehen Sie nur, gehen Sie! Wir wollten ja nur einen Apfel mit Ihnen essen.
Ich stürze davon. Blindlings renne ich über die Kreuzung, setze mich der Gefahr aus, von einem der schnellen Autos erfaßt zu werden. Im Innern weiß ich aber: jetzt noch nicht. Im Laufschritt erreiche ich die sowjetische Botschaft. Ich keuche, ich bin außer mir. Es muß in dieser gottverdammten Straße doch eine Instanz geben, bei der man sich beschweren kann. Nein, sagt jemand neben mir. Damit rechnen Sie besser nicht.
Das Mädchen hatte ich ganz vergessen.
Aber das macht ja nichts, sagt es großmütig, und mir wird schmerzlich bewußt, daß ich jetzt auf seine Großmut angewiesen bin. Keine Rede von Überlegenheit. Was würden die mir noch antun, bloß um mich klein zu kriegen?
Am bittersten, sagt das Mädchen, ist der Verzicht auf das, was uns sowieso unerreichbar ist. Schweigen Sie! sage ich heftig. Was wißt denn ihr davon. Was wissen denn Sie von freiwilligem Verzicht – Sie, die Sie sich alles erzwungen haben?

Meinen Sie? fragt das Mädchen sanft. Meinen Sie, man könnte sich irgendwas erzwingen? Meinen Sie, eine von uns könnte freiwillig verzichten?
Das wollen Sie denen ins Gesicht gesagt haben? frage ich atemlos.
Gewiß, sagt das Mädchen. Was sonst?
Ich muß ihr glauben. Sie hat die Angst hinter sich gehabt, als die Konfliktkommission sie befragte, und die Konflikte auch. Peter, mein alter Freund Peter, dessen Name niemals aktenkundig wurde, der also nur freiwillig und ungebeten an ihrer Seite hätte erscheinen können – er schützte eine Dienstreise vor. Er rechnete sich aus, daß sein Auftritt niemandem genutzt, ihm aber sehr geschadet hätte. Das Mädchen gab ihm recht, und die Kommission entschied, daß man einen Unbekannten nicht vorladen könne. Schließlich habe ja auch nicht er die Universitätsbehörden zu täuschen gesucht. Sondern sie. Feststellung einer Tatsache, der nicht widersprochen wurde. Ich hoffe, Sie nehmen Vernunft an.
Vernunft? fragte verwundert das Mädchen. Was meinen Sie?
Ja wenn Sie das nicht wissen...
Nimm doch Vernunft an, ich bitte dich, mag mein Freund Peter ihr beim Abschied gesagt haben. Auf ehrlichem Abschied hatte er bestanden, war nicht heimlich davongeschlichen,

wie er es auch hätte tun können, mit dem Köfferchen, das er vier Wochen vorher in die neue Apartment-Wohnung seines abwesenden Freundes gebracht hatte, um eine ungestörte und glückliche Zeit mit diesem reizvollen, blutjungen und spaßig beharrlichen Mädchen zu verleben, während seine Frau Marianne sich einer Kneippkur unterzog. Mit dem Mädchen, das sich bewußt war, ihn verführt zu haben, und das nichts von ihm verlangte als das eine: Er sollte es sie vergessen machen. Aber das konnte er nicht, weil ihm nichts daran lag.

Wenn sie nachts aufstand von dem breiten Bett hinter dem zurückgezogenen Vorhang, wenn sie zur Küchennische ging und hastig Wasser trank, an die offene Balkontür trat, das Rauschen der Stadt hörte, über die niedrigen Dächer des Ladentrakts in die Friedrichstraße Einblick hatte, die Scheinwerfer näherkommen und verlöschen sah und ihre Augen dann aufhob zu der zackigen Stadtsilhouette vor dem rötlichen Horizont; wenn mein Freund Peter, hilflos wie nie in seinem Leben, sich hinter ihr aufrichtete und sie fragte, ob er etwas für sie tun könne, wenn sie zu begreifen begann, daß sie ohne eines Menschen Schuld in Stich gelassen war; daß für die unersetzlichen Verluste niemand haftbar zu machen ist – dann sagte sie, solange sie noch redete: Die Liebe, wenn sie sich selbst ernst nimmt, ist verloren.

Mein Freund Peter verträgt keine Gewissensbisse.
Der Vorsitzende räuspert sich. Sie nennen jenen Herrn nicht, ich hoffe nur, es ist kein Angehöriger unseres Lehrkörpers. Es ist auffällig, daß dies uns jetzt öfter passiert. Früher verweigerte ein ritterlicher Mann den Namen seiner Dame – im Zeitalter der Gleichberechtigung scheint sich die entgegengesetzte Sitte einzubürgern. Wie viele Kinder ohne den Namen des Vaters! – Nun, das ist Ihre Sache. Unsere ist es zu klären, warum Sie drei Monate lang unentschuldigt den Lehrveranstaltungen ferngeblieben sind.
Das Mädchen hat dazu nichts zu sagen. Zu Otto Kosinke, der anfing, sich Sorgen zu machen, und im Auftrag seiner Mutter nachfragen kam, ob sie vielleicht krank sei – zu ihm redete sie. *Sieh mal, Otto, es widersteht mir sehr. – Aber was denn, Frollein? Was soll Ihnen denn so widerstehen? – Daß sie sich aus sich selbst nichts machen, verstehst du, Otto, was ich meine? – Genau genommen nicht, Frollein, sagte Otto Kosinke. – Daß ihnen an ihrem eigenen Glück nichts liegt. – Aber das kann ich doch nicht glauben, Frollein. – Nicht? Ja wo hast du denn deine Augen? Siehst du nicht, wie sie davonjagen, immer weiter von sich weg? Und fragst dich nie, wohin alles das gerät, was wir niemals tun können? Das ungelebte Leben?*
Ein erfahrener Mensch sah auf Anhieb, daß die-

ses Kind sich überschätzt hatte. Wir wollen Ihnen helfen, sagte der Vorsitzende der Kommission, und das wollte er wirklich. Wer von uns wäre vermessen genug, den ersten Stein zu werfen? Die Vertreterin des Jugendverbandes, ein frisches, sympathisches Mädchen, schien Lust zu haben, den ersten Stein wenigstens anzufassen, wenigstens zu spüren, wie er in der Hand liegt; was für Augen der andere kriegt, wenn er den Wurf erwartet. Aber der Vorsitzende hielt sie mit einem Blick zurück. Sie haben Kummer – welcher Art, lassen wir dahingestellt. Geraten in Konflikte. Bitte sehr. Ein, zwei Wochen kann das einen jungen Menschen durcheinanderbringen, so daß er seine Pflichten vernachlässigt. Aber Monate? Und dann nicht geradestehen für das, was man sich eingebrockt hat? Dann Flucht? Betrugsmanöver sogar?

Jetzt erhebt das Mädchen an meiner Seite Einspruch. Wir sind in Höhe des Antiquariats, in dessen Fenster alte Stiche und frühe Ausgaben des „Werther“ liegen. Ich weiß, sage ich, entschuldigen Sie. Ich rede falsches Zeugnis gegen Ihren Vorsitzenden, einen anständigen Mann. Nicht er hat von Flucht und von Betrugsmanövern gesprochen. Ein anderer war es. Jedes Wort ein Messer – nicht auf Sie gerichtet, denn auch er hat Sie nicht gekannt, sondern auf mich.

Wohin kämen wir denn, sag doch selbst – so sprach er mit mir – wollten wir unseren Anwand-

lungen nachgeben? – Wir gingen über den Marx-Engels-Platz, der leer ist zwischen den Demonstrationen, es war ein Frühlingstag im April, ich hatte ihn vor seiner Klinik erwartet, ohne diesen unerhörten Schritt zu begründen. Er hat keine Miene verzogen, hat aber wieder anfangen müssen, von Ihnen zu reden, Mädchen, und als es zu regnen begann, lehnte er es nicht ab, mit unter meinen Schirm zu kommen. Er beschwor mich, Mädchen, ihm um Gotteswillen zu erklären, worauf Sie es abgesehen hatten: Auf Heirat? Auf ein Kind? Auf eine Nebenfamilie, wie sie jetzt modern werden?
Da ich ihn keiner Antwort würdigte, hat er mir hier Unter den Linden Ihre ganze Geschichte bis zu ihrem Ende erzählen müssen. Diese Studentin versäumt – aus welchen Gründen auch immer – drei Monate lang die Vorlesungen, unentschuldigt. Jeder Arzt hätte sie krank geschrieben. Aber nein, dazu ist sie sich zu gut. Natürlich muß man den gesellschaftlichen Organisationen vorwerfen, daß sie erst nach so langer Zeit reagieren, erst so spät von ihr Rechenschaft fordern über den Verbleib der ihnen geschuldeten Zeit (auch wenn sie ihr Stipendium nicht mehr abgeholt hat). Da gerät sie in Panik – warum erst jetzt, frage ich dich? – fährt Knall und Fall nach Hause, bedrängt die gutmütige, wenig erfahrene Mutter ihrer Freundin, die in einer Poliklinik Sprechstundenhilfe ist, so lange, bis

diese Frau ihr das Attest verschafft. Eine glatte Fälschung, die von den Universitätsbehörden bemerkt wird. Der Betrug fliegt auf. Von der Kommission war schon die Rede. Was konnte sie tun, als das Mädchen zu exmatrikulieren? Auf ein Jahr begrenzt, großzügiger hätten sie nicht sein können. Sie steht im Glühlampenwerk am Band.

Da habe ich mich bedankt. Danke, hab ich gesagt, für diese schöne finstere Geschichte.

Wir gingen dann schweigend bis zum Roten Rathaus. Sie brauchen nicht so zu gucken, sagte ich da, mein Gesicht ist vom Regen naß.

Unter dem Schirm? hat er gefragt. Er hat es bezweifelt.

Damals stand diese Kaufhalle am Alex noch, wir mußten uns im Eingang unterstellen, es goß wie aus Kannen. Er fuhr fort, mich anzusehen. Ich wollte endlich ohne Umschweife sprechen, locker, wie man zu reden hat, doch mit verhaltenem Ton. Mein lieber Freund, sagte ich, und das war ein schöner Anfang. Wissen Sie, was Sie da pausenlos betreiben? Beihilfe.

Zum Mord? fragte er spöttisch.

Zu Zuständen, die zum Tode führen.

Da sah ich, daß ihm der Gedanke nicht neu war.

So verurteilen Sie mich, sagte er.

Ich sagte: Du mußt nicht denken, daß du mich wehrlos machst, weil du dich stellst – eine Stunde

zu spät übrigens. Du bist nie aufs Seil gegangen?
Welches Seil?
Das Seil über dem Abgrund. Du hast immer auf die Brücke gewartet.
Ich habe immer versucht, die Brücke mit zu bauen.
Das weiß ich. Und hast keine Minute deiner kostbaren Zeit darauf verschwendet, auf die Stimme zu lauschen? Auf die dünne, begeisterte oder warnende Stimme dessen, der schon drüben war – gegen deinen Rat aufs Seil gegangen?
Doch, sagte der, der ungenannt bleiben will. Ich hab hingehört. Manchmal klingt sie schön, Ihre Stimme. Verführerisch. Ergreifend. Manchmal, das bestreit ich nicht, ist es mir lieb, daß einer von uns schon drüben ist und uns Mut macht. Manchmal bin ich wütend, daß er sich unnötig der Gefahr aussetzt. Denn, vergiß das nicht: Ein Seil bleibt ein Seil, und der Abgrund der Abgrund.
Der Absturz aber, erwiderte ich ihm, geschieht, wie du ganz gut weißt, fast immer durch den Verlust der Sympathie.
Was an der Geschichte des Mädchens nachzuweisen war. Die Betäubung malte ich ihm aus, in der mein Freund Peter sie zurückließ, als er sich mit seinem Vier-Wochen-Köfferchen verzogen hatte. Dem Reißen des Seils folgt ein langer Fall, noch nicht schmerzhaft, nur daß man mit sich zieht, was einem später Halt geben müßte:

die Gewißheit vor allem, daß man nicht anders handeln konnte. Entsetzen folgt, Scham, endlich auch, was man am wenigsten erwartet hätte: Angst. Die Zuckungen, die man ihr heute vorwirft – Flucht, Betrug – wollen wir doch nicht Taten nennen. Weißt du denn nicht, fragte ich ihn, wie einem alles umgestülpt sein kann? Gesichter in Fratzen? Liebe in Verrat? Gewöhnliche Erkundigung in unerträgliche Schnüffelei? Und wenn ich es wüßte? sagte er da. Es aber nicht ändern könnte? Rätst du mir, sinnlose Qual aufeinanderzuhäufen?
Wir standen unter dem Dach der Kaufhalle, und mein Gesicht war vom Regen naß. Jemand muß mir die Nässe weggewischt haben, doch sie erneuerte sich schnell.
Das Urteil! verlangte der Ungenannte. Sie wollten mich verurteilen.
Freispruch, sagte ich. Du bist frei gesprochen.
Da schien er genau so erschrocken wie ich.
Das Mädchen hatte mich auch verlassen. Ich nahm meinen Weg wieder auf. Fremd, fremd waren mir die Pelze, an denen ich vorbeikam, das Meißener Porzellan, die kunstgewerblichen Gegenstände. In den Spirituosenladen trat ich plötzlich ein und drängte mich zwischen die Käufermasse. Auch ich wollte nicht Geld noch Mühe scheuen, um mir mein Tröpfchen Fröhlichkeit zu holen. Wenn man einen Gast bewirten will, soll man vor Ausgaben nicht zurück-

schrecken. Als ich an der Reihe war, verlangte ich eine teure Marke, so, als nenne ich sie jeden Tag, zahlte den Preis und griff nach meiner schön in Seidenpapier gehüllten Flasche. Da stieß mich jemand leicht gegen den Arm, der Flaschenhals rutschte aus dem Papier, die Flasche entglitt meiner Hand und zersplitterte auf dem Boden. Sofort stieg der aromatische Duft guten Alkohols auf. Die Gesichter, die sich auf der Schwelle dieses Ladens alle wie unter einer starken Strahlung verändern – Gier, Rücksichtslosigkeit kommt in ihnen auf – wendeten sich empört mir zu. Es entrüstete sie nicht meine Ungeschicklichkeit, sondern die Vergeudung teurer Getränke. Ich genoß ihre Mißbilligung. Ich genoß es, ihnen frech ins Gesicht zu blicken, bis sie die Augen senkten. Nein, ich wollte keine neue Flasche. Laut sagte ich mit fröhlicher Stimme, soviel Geld hätte ich nicht. Die Verkäuferin kam unwillig mit Eimer und Lappen.

Erleichtert verließ ich den Laden, überquerte noch einmal die Friedrichstraße und suchte mir einen Fensterplatz im Lindencorso. Ich ließ mir Mocca und Obsttorte bringen. Ich war sehr müde und begann mich zu fragen, ob ich denn wirklich bestellt war. Der fürchterliche Gedanke an ein Versehen, an einen platten, einfachen Irrtum kam in mir auf. Sollte ich gewisse Aufforderungen mißdeutet haben? „Der Tag ist gekommen" – wofür denn? Und für wen?

Jetzt wünschte ich heftig, aufzuwachen, das aber lag nicht in meiner Macht. Quälend langatmig zog sich der Dialog zweier Frauen an meinem Tisch hin, von denen die eine wirrhaarig, entsetzlich unruhig und übermäßig dürr war und sich in lauten Verwünschungen gegen ihren ehemaligen Chef erging, der sie – mich dummes Schaf, sagte sie immer wieder – in diesen Zustand gebracht hatte, während die andere, jung und gesund und schlau und unbekümmert, nur mit kurzen Ausrufen und Beschwichtigungen antwortete, mit ihren flinken Blicken aber ganz woanders war. Mir war es wie ihr zuwider, dieses Ungeheuer von einem Chef ausführlich beschrieben zu kriegen, der zweieinhalb Jahre lang der Dürren das Blut aus dem Leibe gesaugt haben sollte, ja: ausgesaugt!, ein anderes Wort fand sie dafür nicht. Die Junge legte begütigend und zerstreut ihre Hand auf den Arm der Dürren: Nana, machen Sie man halblang!
Da lamentierte die Dürre, kein Mensch könne sich vorstellen, was das bedeutet: Intershop engros. Diese ganze Devisenwirtschaft, Einkauf und Weiterverkauf. Und dann die Reklamationen! Der hat mir doch jede Laufmasche in einem Damenstrumpf über den Schreibtisch gejagt. Einen Kopf hätte man haben müssen wie 'ne Eckkneipe. – Das hab ich dem gleich abgeschminkt, sagte die Junge. Der hat mir schön eine Sachbearbeiterin ranschaffen müssen! – Der

Dürren verschlug es die Sprache. Dann sagte sie erschöpft: Ja, am Anfang ist alles in Butter. Da vergafft sich sogar manche in den. Schöner Mann, immer dunkle Brille, immer Perle im Schlips, und höflich, nur einmal... Aber der Pferdefuß kommt nach. Na, ich hab Sie gewarnt. Nach einem halben Jahr will jede da weg. Jede!
Ich nicht, sagte die Junge leichthin und winkte der Kellnerin, um zu zahlen.
Wenn diese ganze Gesellschaft, die mich hierherbestellt, mich den ganzen Nachmittag die Straße auf- und abgejagt und dann sitzen gelassen hatte – wenn sie sich in letzter Sekunde doch noch entschließen würde, ihn herbeizuzitieren, und käme er von hinten, durch die Terrassentür – ich würde es spüren. Meine Rückenmuskeln würden sich zusammenziehn. Der höfliche junge Mann mir gegenüber, der große Mengen Buttercremetorte ißt, wobei er sich dauernd für den Platz entschuldigt, den er in Anspruch nimmt – der würde sofort begreifen und sich beeilen zu zahlen. Klar kullert ihm im Übereifer eine Mark auf den Fußboden, auch ich bücke mich danach, der Unglücksrabe beteuert unter dem Tisch: Danke, es geht schon.
Als ich wieder auftauche, sind alle anderen wie weggewischt, und er sitzt mir gegenüber. Durch einen von diesen Zaubertricks hat er auch seinen Mocca double schon vor sich stehn. Töricht sage ich: Da sind Sie ja. Er aber rührt in seiner Tasse

und fragt streng: Was willst du noch? – Die alten Verhältnisse.
Wenn Sie auch heute nicht gekommen wären! sagte ich. Wirklich: Länger hätte ich nicht mitgemacht.
Diese Drohung schreckte niemanden als mich selbst.
Du gehst zu weit, sagte er. Wie immer gehst du zu weit. Als wäre etwas gewesen. Nichts ist gewesen. Nichts. Nimm's nicht so tragisch.
Ach Gott, sagte ich in dem unechten Tonfall, der dir mit Recht an mir so verhaßt ist, was heißt hier tragisch. Noch wehren wir uns vielleicht ein bißchen gegen die bindende Verabredung, das Ausbleiben der Liebe sei nicht tragisch zu nehmen. Ein Mann wie Sie hat das hinter sich. Er erklärt sich alles und lehnt es ab zu leiden. Wir, bedauerlicherweise, können uns nur durch Liebe mit der Welt verbinden. Vorläufig. Ein kleines Weilchen werden wir noch zu leiden haben. Doch sind wir bereit zu lernen. Keine Bange – auch unser Kummer verkümmert. Ein bißchen bleicher macht uns wohl der Widerspruch, in dem wir uns verfangen haben. Doch zeigen wir Einsicht. Beginnen schon, uns freiwillig von uns zurückzuziehn. Seien Sie unbesorgt: Bald klagt Ihnen niemand mehr sein Leid. Bald verbindet uns nichts als unsere Seelenblindheit. Als diese Straße da, auf der man sich nur noch zufällig trifft, nachmittags nach dem Sündenfall. Da wir

alle die Sünde der Lieblosigkeit kennen, wird niemand sich mehr ihrer erinnern. Das werden wir Glück nennen.

Ach, mein Lieber, sagte ich. Ich kann die Liebe nicht vertagen. Nicht auf ein neues Jahrhundert. Nicht auf das nächste Jahr. Um keinen einzigen Tag.

Dies wenigstens im Traum gesagt zu haben, tat mir wohl. Auf Antwort hatte ich nicht zu rechnen. Ich gab mir Weisung, gruß- und abschiedslos auf- und davonzugehen. Durch Erfahrung weiß ich: Der, den ich zu treffen wünsche, wird niemals da sitzen, wo ich hinsehe, doch noch einmal schlug eine irrsinnige Hoffnung in mir hoch. In der Tür wendete ich mich um, was aus guten Gründen von altersher verboten ist. Sein Platz war leer. Unsere Zeit war abgelaufen.

In meiner bitteren Schande trat ich auf die Straße. Ich spottete ihrer: Schnurgerade Straße, höhnte ich. Straße ans Herz der Dinge... Zufallsstraße, beschimpfte ich sie. Zeitungsstraße.

Sauber und ordentlich lag sie mir zu Füßen. Ein Stein neben dem anderen, gute Arbeit. Was hatte ich mir von ihr versprochen? Eine Ablenkung zwischen zwei Arbeiten. Ein neues Kleid. Einen nebensächlichen Dialog in einem Café. Das alles hatte sie mir korrekt gegeben.

Anders als vorher bediene ich mich jetzt der nützlichen Erfindung des Spazierengehens.

Die volle Stunde spült die Welle der Büroarbeiter aus den Verwaltungshäusern. Wohin fürchten sie nur, zu spät zu kommen? Welcher Zug wird ihnen abfahren, welcher Happen für immer weggeschnappt werden? Oder haben auch sie, die ihr Leben zu Millionen unter Wert verkaufen, die geheime Sehnsucht nach dem wirklichen Fleisch bewahrt, nach dem saftigen, roten Fleisch?

Ich gehe, und mein schönes Leben rollt sich hinter mir ab wie ein helles Band. Der, den ich niemals mehr nennen werde, hat recht behalten: Alles ist schon erlebt, vielleicht sogar, vor Zeiten, von mir selbst. Was zu empfinden war, ist empfunden, was zu machen war, ist gemacht. Ich lasse mich treiben.

Da kam mir ein einzelner Mensch entgegen, eine junge Frau. Nie hat der Anblick eines fremden Menschen mir einen solchen Stich versetzt. Sie trug ein Kostüm, aus dem Stoff, den ich lange schon suchte, und einen leuchtenden Pullover, dessen Farbe als Widerschein auf ihrem Gesicht lag. Sie ging schnell und locker, wie ich immer gehen wollte, und sah uns alle aufmerksam, doch vorurteilsfrei an. Ihr halblanges dunkles Haar wehte der Wind zurück, und sie lachte, wie ich von ganzem Herzen zu lachen wünschte. Sofort, als sie an mir vorbei war, verlor sie sich in der Menge.

Ehe ich sie sah, kann ich nicht gewußt haben, was Neid ist. Nie vorher hatte eine Begegnung mich so getroffen. Diese Frau würde niemals vom Glück verlassen sein. Alles, was anderen mißlang, würde ihr glücken. Nie, nie konnte sie Gefahr laufen, sich zu verfehlen. Kein Zeichen an ihrer Stirn deutete auf unlösbare Verstrickungen hin. Ihr war es gegeben, unter den Verheißungen und Verlockungen des Lebens frei zu wählen, was ihr zukam.

Vor Neid und Kummer begann ich unter all den Leuten heftig zu weinen. Davon erwachte ich. Mein Gesicht war naß. Ich konnte mir nicht erklären, warum ich so heiter war. Mit wahrer Gier rief ich mir wieder und wieder jene Frau vor Augen, ihr Gesicht, ihren Gang, ihre Gestalt. Auf einmal sah ich: Das war ja ich. Ich war es gewesen, niemand anders als ich selbst, der ich begegnet war.

Nun klärte sich mit einem Schlage alles auf. Ich sollte mich wiederfinden – das war der Sinn der Bestellung. Zelle für Zelle füllte sich mein Körper mit der neuen Freude. Eine Menge von Gefangenschaften fiel für immer von mir ab. Kein Unglück hatte ein für allemal sein Siegel auf meine Stirn gedrückt. Wie hatte ich so verblendet sein können, mich einem falschen Spruch zu unterwerfen?

Viel später erst, heute, kam mir der Gedanke, in gewohnter Weise über mein Erlebnis Rechenschaft zu geben, denn höher als alles schätzen wir die Lust, gekannt zu sein. Ich Glückliche wußte gleich, wem ich es erzählen könnte, kam zu dir, sah, daß du hören wolltest, und begann: Unter den Linden bin ich immer gerne gegangen. Am liebsten, du weißt es, allein.

(1969)

Sammlung Luchterhand

Literatur aus der DDR in der Sammlung Luchterhand

Hermann Kant:
Der Aufenthalt
Roman.
Band 294.

Hermann Kant:
Anrede der Ärztin O. an den Staatsanwalt F. gelegentlich einer Untersuchung
Erzählungen.
Band 191.

Hermann Kant:
Ein bißchen Südsee
Erzählungen.
Band 264.

Rolf Schneider:
Die Reise nach Jaroslaw
Roman. Band 236.

Anna Seghers:
Das siebte Kreuz
Roman. Band 108.

Anna Seghers:
Transit
Roman. Band 263.

Anna Seghers:
Die Hochzeit von Haiti
Karibische Geschichten. Band 193.

Anna Seghers:
Der Kopflohn
Roman aus einem deutschen Dorf im Spätsommer 1932.
Band 234.

Anna Seghers:
Der Ausflug der toten Mädchen
Band 288.

Gerti Tetzner:
Karen W.
Roman. Band 212.

Maxie Wander:
„Guten Morgen, du Schöne"
Frauen in der DDR
Protokolle.
Band 289.

Christa Wolf:
Nachdenken über Christa T.
Band 31.

Christa Wolf:
Kindheitsmuster
Band 277.

Christa Wolf:
Unter den Linden
Erzählung.
Band 249.

Christa Wolf:
Lesen und Schreiben
Neue Ausgabe.
Aufsätze, Gespräche, Essays. Band 295.